Schicksalsmelodie

Rainer Mauelshagen

*Bibliografische Information der Deutschen Nationalbibliothek:
Die Deutsche Nationalbibliothek verzeichnet diese Publikation in
der Deutschen Nationalbibliografie; detaillierte bibliografische Da-
ten sind im Internet über http://dnb.dnb.de abrufbar.*

Impressum
© September 2022 Rainer Mauelshagen
ISBN: 9783756814862
Coverfoto: Pixabay-Licence
Lektorat, Satz und Redaktion: Sabine Dreyer | www.tat-worte.de
Herstellung und Verlag: BoD – Books on Demand,
Norderstedt

Rainer Mauelshagen

Schicksalsmelodie

Eine fantastische Erzählung

Diese Geschichte hat sich in meiner Fantasie wahrhaftig so, wie ich sie aufgeschrieben habe, zugetragen. Alle handelnden Personen wollten nicht zufällig, sondern auf ihren ganz ausdrücklichen Wunsch hin erwähnt werden. Ich danke Julia, Kai, Álvaro und allen anderen an dieser Stelle, dass ich für einige Zeit an ihrem Leben teilhaben durfte.

Rainer Mauelshagen

Schicksalsmelodie
du wirst uns zwei begleiten,
doch wenn du erklingst,
kann das zu allen Zeiten
nur ein Gruß mir sein aus wunderbaren Tagen,
die heut für uns zwei so lang vorbei.
Deutsche Übersetzung von »Schicksalsmelodie«: Karel Gott

Vorspiel

Sehen Sie den Mann da hinten? Nein, nicht den mit dem Hut, der dem Ausgang zustrebt, den anderen meine ich, der gerade durch das Tor den Friedhof betritt. Ach, Sie kennen ihn nicht? Es ist Lars Brossmann. Lars Brossmann ist der Inhaber des renommierten Autohauses Brossmann in der Schneiderstraße. Seit er vor fünf Jahren aus Mallorca zurückgekehrt ist, geht er zu jedem Totensonntag an das Grab seines Vaters.

Moment, er kommt!

»Guten Tag, Herr Brossmann.«

Hm, er hat mich nicht gehört, anscheinend war er zu sehr in seinen Gedanken versunken. Tja, er hat es auch nicht immer einfach gehabt im Leben. Wenn ich allein daran denke, wie viel Unruhe es damals nach dem Tod seines Vaters gab. Ich nehme fast an, davon haben Sie auch noch nicht gehört?

Nun, vielleicht sind Sie ja neugierig geworden, mehr von ihm und seiner Familie zu erfahren? Wenn ja, dann folgen Sie mir bitte in gebührendem Abstand zur Grabstätte seines Vaters.

Stürmisch ist der frühwinterliche Nachmittag am 22. November 2018. Der Himmel ist bedeckt und die Luft wirkt grau verschmiert.

Lars fröstelt. Die Wärme aus seinem Wagen, die noch bis vor wenigen Minuten in seiner Kleidung hing, hat sich inzwischen verflüchtigt. Weil ihm die Kälte bis in den Rücken kriecht, schlägt er den Kragen seiner Jacke hoch, um zumindest den ausrasierten Nacken vor dem eisig-feuchten Wind zu schützen. Am Ende des Weges bleibt er bei den beiden Kastanienbäumen andächtig stehen. Die letzten braunen Blätter fallen von der Nässe beschwert aus dem Geäst der Krone. Zwischen den mächtigen Stämmen befindet sich die letzte Ruhestätte seines viel zu früh verstorbenen Vaters. Regungslos steht er davor. Das etwas klein geratene Bukett fest in der Hand haltend, starrt er eine ganze Weile auf den im Grabstein eingravierten Namen, als wäre es das erste Mal. Leise murmelt er ihn vor sich hin: »Kai Brossmann, geboren 1961, gestorben 2003.«

Noch wenige Tage vor dem Unglück hatte Lars mit ihm fröhlich seinen vierzehnten Geburtstag gefeiert, daran muss er jetzt denken. Er ruft sich die schönen Augenblicke jenes Tages in die Erinnerung, als könne er seinen Vater dadurch wieder lebendig machen. Plötzlich ist ihm danach, vor Erbitterung laut aufzuschreien, weil er nicht mehr genau weiß, wie sein Vater ausgesehen hat. Anstelle seines Gesichtes tauchen nur verschwommene Konturen vor seinem geistigen Auge auf. Noch nicht einmal an das Foto erinnert er sich, das früher in seinem Jugendzimmer hing. Eines Tages war es verschwunden. Wie gerne hätte er es heute in seinem Besitz gehabt. Mutter wollte ihm damals nicht sagen, wo dieses und weitere Bilder von Vater abgeblieben waren. »Wir brauchen sie nicht mehr«, sagte sie beinahe beiläufig, »Vater ist nicht tot.« Und er hatte nicht begriffen, wie sie es meinte.

Er atmet hörbar auf. Alles schon so lange her. Ein wenig wehmütig fragt er sich, wo die Jahre geblieben sind. In diesem Moment vermisst er seine Mutter und seine Schwester, die auf Mallorca wohnen. Seit vielen Jahren lebt Mutter dort in einer neuen Beziehung, und Jana, die Flugbegleiterin geworden ist, hat vor Kurzem auf einem ihrer Flüge einen Piloten kennengelernt. Mit ihm hat sie sich ganz in der Nähe von Mutters Domizil ein kleines Apartment eingerichtet.

Nur gut, dass sie in einem Monat alle zu Besuch kommen, denkt er sich. Auch Angelika, seine Frau, und die Kinder Mia und Leon freuen sich schon darauf, mit ihnen Weihnachten zu feiern. Die Zeiten, wo er nach Vaters Tod an manchen Tagen Hass gegenüber seiner Mutter und seiner Schwester verspürte, sind längst vergessen.

Er hasste damals überhaupt sehr viel. Er hasste seinen Vater, weil er ihn allein gelassen hatte, und seine Mutter, weil sie sich seinerzeit nicht genügend um ihn kümmerte, wie er meinte. Er hasste seine Schwester, weil sie immer vorgezogen wurde, wie er ebenfalls glaubte, er hasste einfach die ganze Welt. Aber am meisten hasste er sich selbst.

Ihm steigen Tränen in die Augen. Verschämt schaut er sich um, ob ihn jemand beobachtet. *Nein, die da hinten werden nichts bemerkt haben*, sagt er sich. Niemand soll seine Gefühle deuten können. Er hat doch mühsam gelernt, sie nicht nur zu unterdrücken, sondern sie auch weitgehend zu beherrschen, weil er früher auch sie gehasst hat. Vater sollte doch stolz auf ihn sein. Heute wäre er sicherlich stolz auf ihn. Sogar das Geschäft hat Lars wieder auf Vordermann gebracht. In der Zeit, wo er unmittelbar nach Vaters Tod mit Mutter und Jana auf Mallorca bei seinen Großeltern Hannelore und Adolf lebte, hätte der Geschäftsführer die Firma fast ruiniert. Eigentlich wollte Lars ja für immer auf der Insel bleiben. Er liebte das süße Leben und die wilden Nächte. Doch eines Tages war es ihm, als spräche eine innere Stimme zu ihm, das weiterzuführen, was sein Vater bereits von dessen Vater vererbt bekam. Das Autohaus Brossmann gehört schon eine lange, sehr lange Zeit zur Stadt wie ein amtlicher Stempel im Branchenbuch, und es wäre ein Jammer gewesen, das Geschäft und die Tradition leichtfertig an die Wand zu fahren. Zur Überraschung seiner Familie flog er von heute auf morgen nach Deutschland, um die Geschäftsübernahme klarzumachen.

Im Büro begegnete ihm Angelika, die junge, hübsche Sekretärin, die in der Zwischenzeit eingestellt wurde. Genau in dieser Minute des ersten Begegnens gab es noch eine andere Stimme in seinem Kopf, nämlich seine eigene, die auf ihn einsprach, diese Frau ohne Wenn und Aber zu seiner zu machen. Seit vier Jahren sind sie nun verheiratet. Unwillkürlich kommt ihm sein Sohn Leon in den Sinn, der in zehn Jahren in dem Alter sein wird, als er seinen Vater verlor. Für ihn ist es immer noch nicht begreifbar. Der plötzliche Verlust seines geliebten Dads hatte ihm sehr weh getan und ihn beinahe aus der Bahn geworfen. Zufällig am Fenster seines Zimmers stehend, hatte er an jenem Abend den Polizeiwagen im Laternenlicht ankommen sehen, kurz darauf klingelte die Haustürglocke. Von Neugierde getrieben war er ins Treppenhaus geschlichen, um von der obersten Stufe zu lauschen, was der Beamte mit seiner Mutter zu bereden hat.

Während Lars jetzt die damalige Situation gedanklich Revue passieren lässt, schnürt es ihm den Hals zu. Er will das nicht mehr. Er will sich nicht mehr von seinen Erinnerungen quälen lassen. Er will endlich frei sein. Mit dem Handrücken wischt er sich über die Augen. Spontan beschließt er, nie mehr an das Grab seines Vaters zu gehen. Er will nicht weiterhin vor einem Haufen Dreck an ihn denken. Erde und Dreck, mehr hat der Tod nicht von ihm übrig gelassen.

Das ist jetzt Vergangenheit, beschließt er. Die Zeit bleibt nicht stehen. Jetzt ist er am Zug. Er will auch nicht, dass Leons und Mias Leben vom Tod ihres Großvaters beschwert wird. Sie kennen ihn doch gar nicht. Wenn man es genau nimmt, dann hat er nie für sie existiert.

Mit dem Fuß fegt er energisch das Laub beiseite. Hastig legt er das Gebinde ab. In dem Moment fällt sein Blick auf ein Buddelloch in der Erde. Direkt in der Höhe des Grabsteins, fast versteckt unter den Zweigen einer Azalee, befindet es sich. Hier muss irgendein Tier gewühlt haben. Als er genauer hinsieht, fällt ihm etwas auf, das seiner Meinung nach nicht dorthin gehört. Er nimmt sich einen abgebrochenen Ast, der in der Nähe liegt. Neugierig geworden kratzt er damit die Erde beiseite, bis er auf einen harten Gegenstand stößt. Rasch hat er den Schmutz entfernt. Verwundert hält er einen flachen Plastikbehälter in der Hand, der wohl früher einmal für ein Pausenbrot bestimmt war. Er schüttelt ihn, und es klappert darin. Als habe er einen verbotenen Schatz gefunden, schaut er sich abermals prüfend in der Gegend um. Als er schließlich den Behälter öffnet, ist er fassungslos. Er kann gar nicht glauben, was er da zu sehen bekommt.

Dem Aussehen nach ist es eindeutig die Umhüllung einer jener Kassetten, mit denen man sich früher Tonbandaufnahmen anhören konnte. Allerdings ist das Label dieser Kassette laienhaft gestaltet worden. Vier Bilder, wie man sie damals in Passfotoautomaten machen ließ, waren als Titelblatt passend zurechtgeschnitten worden. Auch wenn das darauf abgelichtete Liebespaar kaum Ähnlichkeit mit seinen Eltern aufweist, erkennt er dennoch, dass sie es sind.

Als sie sich zu diesen Aufnahmen hinreißen ließen, waren sie unverkennbar noch Jugendliche. Lachend, sich küssend und alberne Grimassen schneidend. *Unsere Love-Story* lautet die Überschrift. Trotz der kalten Windböen ist ihm heiß geworden. Unschlüssig begutachtet er seinen Fund. Er versteht nicht, was das bedeutet. Neugierig klappt er die Umhüllung auf, und darin befindet sich tatsächlich eine Kassette mit dem Titel *Love-Story*.

Aber noch etwas fällt ihm in die Hände. Es ist ein beschriebener Zettel, auf dem mit wackeliger Schrift, von der Zeit arg verfärbt, aber dennoch recht gut lesbar folgende Worte stehen:

Schicksalsmelodie, du wirst uns zwei begleiten,
doch wenn du erklingst, kann das zu allen Zeiten,
nur ein Gruß mir sein aus wunderbaren Tagen,
die heut für uns zwei so lang vorbei.
PS: Liebe heißt, niemals um Verzeihung bitten zu müssen.
Adieu Geliebter, deine Juju

Ausgerechnet in diesem Augenblick fällt ihm etwas Hartes auf den Kopf, weswegen er abrupt aus seinen Gedanken gerissen wird. Sofort hat er den Verdacht, jemand habe einen Stein nach ihm geworfen. Sich die Stelle reibend, schaut er verärgert zu seinen Füßen. Doch vor seinen Schuhen liegt kein Stein, sondern eine Kastanie, die er als Übeltäter ausmacht. Im Geäst über sich entdeckt er zwischen den wenigen braunen Blättern keine einzige Kastanie mehr.

»Ausgerechnet«, schimpft er. Rasch steckt er seinen Grabfund in die Jackentasche und verlässt eilig den Friedhof.

1. Teil

Jahre vorher

November 2003. Tiefschwarz lag die Nacht über der unwegsamen Landschaft. Frostklirrender Wind jagte Schnee und Graupel vor sich her. Ein Auto, dessen matte Scheinwerfer gierig die Dunkelheit fraßen, raste durch die Finsternis. Der Fahrer, der im Rhythmus der Wischblätter angestrengt durch die schmierigen Streifen auf der Windschutzscheibe blickte, hatte alle Mühe, sein Fahrzeug unter Kontrolle zu halten.

Was soll das hier? In welche verdammte Hölle bin ich geraten?

Unruhig rutschte der Mann auf seinem Sitz hin und her. Niemals zuvor in seinem Leben war er in solch einer öden Gegend gewesen. An das Letzte, an das er sich erinnerte, war, dass er nach Büroschluss mit Geschäftspartnern auf eine Pizza bei Vito, seinem Lieblingsitaliener, eingekehrt war. Sie hatten sich am Nachmittag kurzfristig angemeldet. Die Besprechung dauerte nicht lange, man war sich schnell einig geworden. In entspannter Runde schaffte auch der Chianti eine gute Atmosphäre. Bevor er nach Hause fahren wollte, rief er seine Frau Julia an, sie solle sich keine Sorgen machen, er wäre spätestens in einer viertel Stunde zu Hause. Daran dachte er jetzt. Ihm fiel auch noch vage ein, wie er nach der Verabschiedung tatsächlich in den Wagen stieg. Ab da jedoch riss der Erinnerungsfaden. Was danach geschah, schien in seinem Schädel ausgelöscht. So sehr er sich auch anstrengte, er fand nicht die Zusammenhänge seiner augenblicklichen Situation. Hinzu kam, dass sämtliche Instrumente seines Bordcomputers nichts mehr anzeigten. Verdammt! Was nutzt einem diese scheiß Technik, wenn sie im Ernstfall nicht funktioniert? Auch das Radio blieb stumm, nur das Rauschen aus den Lautsprechern vermischte sich mit dem monotonen Geheul des Sturms, der gewaltig am Blech seines Wagens rüttelte. Außerdem wurde die Sicht immer schlechter. Vor Aufregung standen ihm Schweißperlen auf der Stirn.

Vorsichtig trat er auf die Bremse. Der Wagen rutschte aus der Spur, dann wurde er Gott sei Dank langsamer, bis die Räder schließlich zum Stehen kamen. Von all dem irritiert schaltete er ratlos den Motor ab. Nach kurzem Überlegen entschied er sich dafür, draußen nachzusehen. Vielleicht gab ihm das irgendeinen Hinweis?

Zögerlich stieg er aus. Schnee und feine Hagelkörner peitschten in sein Gesicht. Ihn überkam das Gefühl, dass das Toben des Sturmes ihm den Sauerstoff zum Atmen nahm. Kälte und Angst krochen in und an ihm hoch. Diese Gegend war der Feind jeglichen Lebens. Kein Baum noch Strauch. Ödnis weit und breit. Niemals in seinem Leben hatte er sich so verlassen gefühlt, so hilflos. Ihm kam es vor, als habe ihn eine kalte Hand wie einen Dieb am Kragen gepackt und in dieses nasse, eisige, unwirkliche Verlies geworfen. Denn so fühlte es sich wahrhaftig an, wie in ein Verlies geworfen. Darin gefangen war er scheinbar unfähig, eigenständig handeln zu können. Dabei war er es gewohnt, zu delegieren. Zum Telefon zu greifen und Anordnungen zu treffen. Das Leben hatte ihn bisher zum Sieger erklärt. Seine Art, mit den Ellenbogen zu denken, hatte ihm rückblickend nicht nur geschäftlich Respekt und Erfolg eingebracht. Seinen Widersachern begegnete er stets mit Kalkül und einem kühlen Lächeln. Die jetzige Situation allerdings verunsicherte ihn zutiefst.

Er klopfte den Schnee vom Anzug, um sich gleich darauf wärmend die Hände zu reiben. Es fiel ihm schwer, gegen das Zittern anzukämpfen. »Reiß dich zusammen, Kai«, stöhnte er. Es musste augenblicklich eine Entscheidung getroffen werden. Vorwärts oder zurück?

Er setzte sich wieder hinter das Steuer. Für ihn gab es nur ein vorwärts. Attacke! Verzweifelt schrie er seinen Frust von der Seele. Der Motor jaulte auf. Von Unruhe getrieben gab er den 240 PS die Sporen. Mit durchdrehenden Rädern schnitt sich das Fahrzeug seine Bahn durch das schwarze Einerlei, obwohl er sich rechts und links an nichts orientieren konnte. Noch nicht einmal an der Zeit, die nicht zu vergehen schien, als habe sie ihre Existenz verloren. Die Ziffern der Uhr waren auf 21.00 Uhr stehen geblieben. Es sah ganz so aus, als wären gestern, heute und morgen zu einem einzigen Augenblick verdammt worden. Darum verlor er auch das Empfinden dafür, wie lange er schon gefahren war. Frustriert drückte sein Fuß das Gaspedal bis zum Anschlag nach unten. Ein teuflisches Tempo legte er vor. Bei dieser Geschwindigkeit überkam ihn das Gefühl, in den Sog einer Röhre geraten zu sein, in der die Dunkelheit immer undurchdringlicher auf der Windschutzscheibe klebte.

Hoch konzentriert überkam ihn dennoch Müdigkeit. Der Sekundenschlaf ließ ihn hin und wieder für Augenblicke das Steuer verreißen. Irgendwie musste er sich wachhalten. Wenn er jetzt einen Unfall baute, war er verloren! Vor seinem inneren Auge malten sich schreckliche Bilder ab, wie er schreiend und mit zerfetzten Gliedmaßen blutüberströmt im rotgefärbten Schnee lag. Um sich wach zu halten, sang er irgendein dummes Lied, zu dem seine Hand kräftig den Takt auf das Lenkrad schlug.

Plötzlich, für den Bruchteil einer Sekunde, meinte er, ein schemenhaftes Etwas vor seinem Wagen zu sehen. Vor Schreck trat er mit durchgestrecktem Bein auf die Bremse. Jäh drehte sich der Wagen mehrmals um seine eigene Achse. Wie auf Schmierseife schlitterte das Fahrzeug unkontrollierbar dahin. Seine Hände verkrampften sich am Lenkrad. Kurz darauf gab es einen gewaltigen Schlag. Heftig ruckte er nach vorne. Was zum Teufel war das? Hatten ihn seine Ohren genarrt? Es hatte sich angehört, als wäre Blech zerrissen. Schrill und schmerzend knirschte das Geräusch immer noch in seinem Kopf nach. Hinzu kam ein irrsinniger Schmerz, der seinen Leib wie ein glühendes Eisen durchfuhr. Regungslos starrte er ins Nichts.

Was war das? Hat da jemand gerufen?

Fast zum Wahnsinn getrieben ließ er die Seitenscheibe runter. Stille! Seltsam, schlagartig hatte das Unwetter aufgehört. Auch spürte er jetzt keine Schmerzen mehr. Sollte er aussteigen und nachsehen? Ja, er wollte Gewissheit. Er musste es sich beweisen, dass er nicht halluzinierte. Da war vorhin jemand aufgetaucht!

Die Neugier war größer als die Furcht. Doch irgendetwas hinderte ihn daran, den Wagen zu verlassen. Etwas steckte in seiner Brust. Es war gar nicht so einfach, sich von diesem seltsamen Ding zu lösen. Aber er schaffte es dann doch und verließ das Fahrzeug. Misstrauisch tastete er sich Schritt für Schritt vor.

»Hallo! Hallo! Ist hier jemand? Hallo!«

Er erschauderte über seine eigene Stimme. Es hörte sich an, als hallte sie aus allen Richtungen zurück. Aber eine Antwort bekam er nicht. Anscheinend gab es außer ihm keine Menschenseele weit und breit. Wie Geisterstimmen schallte sein Echo durch die Finsternis.

Mit beiden Händen verschloss er sich die Ohren. Sein Rufen wollte nicht mehr verklingen. Gerade setzte er einen weiteren Schritt, da zog er entsetzt den Fuß zurück. Beinahe wäre er ins Leere getreten. Vor ihm tat sich ein Abgrund auf. Weil er wissen wollte, wie tief er war, legte er sich dicht an dessen Rand. Aus der scheinbar nicht enden wollenden Tiefe meinte er helles Funkeln zu erkennen. Ein Funkeln, wie man es kennt, wenn man bei einer klaren Oktobernacht die Sternenpracht in der Unendlichkeit des Universums bestaunt. Bei der Feststellung, so nahe am Abgrund vorbei gefahren zu sein, überkam ihn Dankbarkeit, rechtzeitig genug stehen geblieben zu sein. Die Schlucht hätte ihn unweigerlich wie ein hungriger Moloch geschluckt.

Es drängte ihn, unverzüglich zu seinem Auto zu kommen. Die letzten Meter nahm er im Laufschritt. Abgehetzt öffnete er die Wagentür, und im gleichen Moment prallte er zurück.

»Um Gottes willen!« Auf dem Beifahrersitz saß jemand, von dem er auf Anhieb nicht sagen konnte, ob es sich dabei um einen Menschen oder einen Geist handelte. Die Gestalt sah ihn an. »Wer in aller Welt sind Sie, wie kommen Sie hierher?«

»Komm, Kai, setz dich!« Die Stimme des Fremden klang bestimmend, aber auf eine besondere Art dennoch freundlich.

»Woher kennen Sie meinen Namen?«

»Beruhige dich, Kai! Nun setz dich endlich! Du brauchst keine Angst vor mir zu haben.«

Unentschlossen nahm Kai auf dem Fahrersitz Platz. Aber ein Bein hielt er vorsichtshalber fluchtbereit aus der noch halb geöffneten Wagentür.

»Lass den Unsinn, Kai. Schließ die Tür und fahr los, wir müssen weiter.«

»Hören Sie, wer immer Sie sind, ich lasse mir von Ihnen keine Befehle erteilen! Warum sollte ich Sie überhaupt mitnehmen? Und sagen Sie mir endlich, woher Sie meinen Namen kennen?« Während Kai sich sprechen hörte, gewann er wieder etwas an Selbstsicherheit. Schließlich machte der Kerl nicht den Eindruck, ihm gefährlich werden zu können.

Der Fremde lächelte ihn mit eisigem Blick an. »Ich kenne alle Menschen. Und alle werden mich zu gegebenen Zeit kennenlernen, wenn ich sie abhole. Du jedoch bist zu früh gekommen, Kai. Du hast das Leben und damit mich herausgefordert.

Deine Zeit war noch nicht abgelaufen. Leider hat dich dein Leichtsinn zur falschen Zeit zu mir geführt.«

»Sind Sie verrückt, Mann? Was soll der Unfug! Verschwinden Sie!«

Zu allem entschlossen sprang Kai aus dem Wagen und rannte um das Auto herum. Um den Eindringling vom Sitz zu zerren, riss er die Beifahrertür auf. Als er nach ihm packte, spürt er bestürzt, wie seine Hände ins Leere griffen. Da war nichts! Er bekam ihn nicht zu fassen. Es war, als greife er in einen Schatten. Aber kann ein Schatten lachen?

Begleitet von dessen Gelächter sank Kai vor Verzweiflung auf die Knie. Nun war er sich sicher, dass er irregeworden war. Hemmungslos weinend schlug er die Hände vor das Gesicht.

Die Gestalt stand jetzt direkt vor ihm. Gegen deren Hand, die nach Kais Arm griff und ihn kraftvoll hochzog, konnte er sich nicht wehren. Für eine Weile standen sie sich schweigsam gegenüber. Dann fragte Kai sein Gegenüber, ob er tatsächlich ein Geist oder eine Illusion wäre.

»Oder bist du doch ein Mensch? Dann sag mir deinen Namen!«

Wieder lachte der Gefragte. »Was sind schon Namen? Was würde es dir nützen, ihn zu wissen? Aber wenn du mich unbedingt mit Namen ansprechen möchtest, dann nenne mich einfach Schicksal. Ich bin dein Schicksal, Kai! Ich bin der Lohn deines Lebens! Ich begleite dich schon seit deiner Geburt.«

»Hallo! Willst du mich auf den Arm nehmen … Schicksal! Aber wenn es denn so sein sollte, wieso bin ich dir dann zuvor noch nie begegnet?«

»Weil du mich nicht sehen wolltest. Zu oft schon hast du deine Ohren vor mir verschlossen, wenn ich zu dir geredet habe.«

Kai sah sich prüfend um. Etwas Absurdes geschah, daran gab es keinen Zweifel. Er fragte sich allen Ernstes, ob er noch er selbst war. Doch dann schaute er dem Schicksal mit festem Blick in die Augen. »Und warum kann ich dich jetzt sehen und hören?«

»Weil ich komme, wenn man nicht mit mir rechnet, ob du willst oder nicht. Nur ich kenne Tag und Stunde.«

»Ich verstehe dich nicht, was redest du da?« Verärgert trat Kai einen Schritt zurück. »Jetzt wird mir alles klar, jemand hat mir was in den Wein gepanscht, das hier ist ein Horrortrip!« Er machte Anstalten, wegzugehen, dem Schicksal den Rücken zu kehren.

»Bleib stehen, Kai, du kannst mir nicht entwischen. Ich meine es doch gut mit dir. Komm, ich bringe dich nach Hause.«

»Nach Hause? Ja, tu das, Schicksal, ich will nach Hause. Ich will endlich zu meinen Kindern, zu Lars und Jana und Julia, meiner geliebten Frau!«, schrie Kai in seiner Mutlosigkeit. »Wirst du mir den Weg dorthin zeigen? Willst du es wirklich tun? Für dich muss das doch eine Kleinigkeit sein. Ich meine, bei deinen geistreichen Sprüchen. Also Schicksal, steig wieder ein, wir fahren sofort los!«

»Halt, Kai! Dahin, wo du denkst, wirst du nie mehr zurückkehren.«

»Bitte?« Zornig geworden ballte Kai die Hände zu Fäusten. »Ich hör wohl nicht richtig. Wer sollte mich daran hindern, du etwa?«

»Ja!« Der, der sich Schicksal nannte, kam Kai bedrohlich nahe. Gleich darauf spürte er, wie ihm fest an den Schultern gepackt wurde. »Hör mir zu, hör mir jetzt gut zu! Wie ich dir eben sagte, war, dass deine Stunde noch nicht gekommen ist. Dein Leichtsinn hat mir ins Handwerk gefuscht. Du bist bei glatter Straße zu schnell gefahren. In einer Kurve hat sich dein Fahrzeug überschlagen, dabei kam es erst an einer Leitplanke zum Stehen, wodurch diese zerbarst. Ein Teil von dem gebrochenen Metall drang genau an der Stelle ins Fahrzeuginnere, wo sich das Lenkrad befand.« Das Schicksal stockte. »Na ja, was soll ich sagen, bald wird man dich finden und den Rettungsdienst rufen. Aber … es wird für dich zu spät sein.«

Bestürzt riss sich Kai los. »Wie? Ich bin was? Ich begreife das nicht! Heißt das … heißt … das, dass ich … tot bin?«

»Dein Körper ist tot, Kai, nicht du.«

»Nein! Nein! Das darf nicht wahr sein! Du hast mich belogen, du bist nicht das Schicksal, du bist der Tod!«

»Ich habe es dir doch gesagt, was nützt dir ein Name? Schicksal oder Tod, es ändert nichts daran, dass du jetzt bei mir bist.«

»Nein, ich will nicht tot sein!«, brüllte Kai. »Ich bin zweiundvierzig Jahre alt, du hast dich geirrt. Zum Teufel mit dir, du musst dich geirrt haben. Ich bin doch noch so jung. Ich habe finanzielle Verpflichtungen. Ich habe berufliche und gesellschaftliche Verantwortung. Ich muss für meine Familie sorgen. Ich will meine Kinder aufwachsen sehen. Ich habe keine Zeit, tot zu sein. In vierzig Jahren vielleicht, aber doch nicht jetzt! Hörst du? Nicht jetzt!« Mit erhobenen Armen fiel Kai flehend vor ihm nieder und schrie: »JULIA, JANA, LARS!«

»Kai, hör auf, dein Schreien wird diesen Raum nicht verlassen. Erhebe dich! Du hast einen weiten Weg vor dir. Verlass dich nur auf mich, ich werde dich begleiten.«

Wie ein Häufchen Elend lag Kai dem Tod winselnd zu Füßen. Alles war ihm entrissen worden. Alles, wofür er all die Jahre gekämpft hatte. Alle seine Ideale, seine Ziele, sein Hab und Gut und nicht zuletzt seine Familie, in einem Augenblick verloren. Wie ein gestraftes Kind reckte er dem Tod um Hilfe bettelnd die Hände entgegen. Er hatte nur noch einen Wunsch: von seiner Frau und den Kindern Abschied zu nehmen.

Schreck in der Abendstunde

Ächzend öffnete der Streifenbeamte die Beifahrertür des Einsatzwagens. Sichtlich erregt ließ er sich in den Sitz fallen. Umständlich kramte er ein Taschentuch aus der Hosentasche, nahm die Schirmmütze vom Kopf, um den Schweiß vom Lederband seiner Kopfbedeckung trocken zu wischen.

»Fahr los ins Präsidium«, bat er, ohne seine junge Kollegin anzusehen.

»Danke, dass du gegangen bist, Jochen.« Erleichterung spiegelte sich auf ihrem Gesicht.

Der Polizist stöhnte erneut. »Ich weiß nicht, wie oft ich in meinen fünfundzwanzig Berufsjahren schon Todesnachrichten überbracht habe, aber es ist immer wie das erste Mal, man kann darin keine Routine bekommen. Hast du die Frau gesehen, die mir geöffnet hat? Sie hat gleich gewusst, warum ich vor ihr stand. Ich habe es ihrem Gesicht und ihrer plötzlich veränderten Haltung angesehen. Frauen haben ein Gespür dafür.«

Die Fahrerin nickte zustimmend, während sie den Motor startete. Danach schaltete sie das Luftgebläse an, um die beschlagenen Scheiben freizubekommen. »Jochen«, sie legte die Hand auf den Unterarm ihres Kollegen, »noch eine Stunde, dann ist unsere Schicht vorüber.« Sie lächelte ihm zuversichtlich zu, als sie den Einsatzwagen vom rechten Fahrbahnrand nach links in den spärlich fließenden Verkehr fädelte. Augenblicklich formten die Scheinwerfer des Wagens helle Lichtkegel in den ungemütlichen Novemberabend. Im Laternenlicht tanzten Nebelschwaden.

Jochen drehte seinen Kopf noch einmal nach rechts zu der schmucken Villa, die am Ende einer mit weißem Kies und Rosenstämmen gesäumten Auffahrt lag. Im Sommer muss der Anblick eine Pracht sein, wenn sie in voller Blüte stehen, dachte er sich. Jetzt hatte sich gefrierender Dunst auf die zurückgeschnittenen Stöcke gelegt. Dann fiel sein Blick zur ersten Etage. Die Fenster hatten einen Austritt auf den Balkon, an dem vor allem die schmiedeeiserne Verzierung auffiel. Gerade in diesem Moment wurde bei einem die Jalousie heruntergelassen. Jochen schüttelte den Kopf. In diesem Moment hasste er seinen Beruf, den er sonst liebte. Das Bild des Verunglückten drängte sich vor die Realität. Dieser kristallisierte Schreck im Gesicht des Toten, als sie ihn fanden. Er und seine Kollegin trafen noch vor der Feuerwehr und dem Rettungsdienst am Unfallort ein. Auf dem Revier würde er ins Protokoll schreiben, dass der zweiundvierzigjährige Fahrer, vermutlich wegen überhöhter Geschwindigkeit auf nasser, leicht überfrorener Straße, in einer Linkskurve die Kontrolle über sein Kraftfahrzeug verlor, ins Schleudern geriet, sich dabei überschlug und ungebremst in der dort vorhandenen Leitplanke zum Stehen kam. Wegen des heftigen Aufpralls drang ein abgebrochenes Metallteil der Leitplanke ins Wageninnere und spießte in Höhe des Brustbeines in den Körper des Unfallopfers. Vom eintreffenden Notarzt, der nur noch den Tod feststellte, wurde eine Blutprobe für das gerichtsmedizinische Institut entnommen.

Darüber dachte Jochen nach. Ja, so würde er es ins Protokoll schreiben. Doch die Wahrheit war auch, dass die Feuerwehr einige Zeit brauchte, um den Verunglückten aus dem Wrack zu schweißen. Wie ein Schwein war er aufgespießt worden und ausgeblutet, würde Jochen später auf dem Revier seinen Kollegen anvertrauen. Davon hatte er der attraktiven Frau natürlich nichts erzählt. Aber dass ihm die Sache mit ihrem Mann sehr leidtäte, auch wegen der Kinder, hatte er ihr gegenüber ausdrücklich erwähnt.

Polizeihauptmeister Jochen Schmitt war froh, als sich die Sprechfunkanlage einschaltete und eine Notfalldurchsage seine Gedanken durchkreuzte. »Dora zwei, wir übernehmen!« Umgehend heulte das Martinshorn neuen Aufgaben entgegen.

Im Haus war es still, nur das leise Schluchzen der Kinder, die mit ihrer Mutter zusammen im Ehebett lagen, war zu hören. Dicht gedrängt kauerten sie beisammen, um sich gegenseitig Kraft und Halt zu geben.

Direkt neben dem Foto ihres Mannes hatte Julia auf dem Sideboard eine Kerze entzündet. Von Zeit zu Zeit flackerte die Flamme heftig, ohne dass eine Tür oder ein Fenster geöffnet waren. Im Spiel der Schatten schien es ihr, als nicke ihr das Gesicht auf dem Bild lächelnd zu. Doch das Lächeln ihres Mannes ließ auch eine Spur von Zorn über sie kommen. In ihrer Trauer fühlte sie sich verletzt und hilflos, ja fast so, als habe er sie mit seinem Tod betrogen. Er konnte sie doch nicht einfach von einer Sekunde auf die andere allein lassen!

All das ging Julia nun durch den Kopf. Das Herz pochte ihr vor Erregung in den Schläfen. Vom Kerzenlicht gebannt, beobachtete sie, wie die Flamme der Kerze flackernd verlosch. Auf einmal war ihr, als wolle die Dunkelheit sie ersticken. Vorsichtig löste sie sich von den Kindern, die inzwischen tief schliefen. Darauf bedacht die beiden nicht zu wecken, verließ sie umständlich das Bett. Behutsam deckte sie die Geschwister zu. Über dem Stuhl hing ihr Morgenmantel. Den warf sie sich über und schlich auf Zehenspitzen zur Tür. Nachdem sie vorsichtig die Tür hinter sich geschlossen hatte, ging sie über die Treppe zum Erdgeschoss hinab. Unten im Flurbereich starrte sie zur Haustüre, die sie vor Stunden dem Polizisten öffnete, als könne sie damit etwas rückgängig machen.

»Sind Sie Frau Brossmann?«, hatte er gefragt, und die Kälte strömte in den Flur. Sofort war ihr klar gewesen, dass Kai, der schon längst hätte zu Hause sein müssen, nie mehr durch diese Tür kommen würde. Warum hatte sie nicht geweint oder geschrien? Nein, nur kalt war ihr gewesen. Fragmente, Bruchstücke von dem, was der Beamte ihr zu erklären versuchte, drangen wieder an ihr Ohr.

»Ihr Mann hatte einen Unfall. Sie müssen stark sein. Frau Brossmann … Frau Brossmann, verstehen Sie mich? Beerdigungsinstitut … in der Luisenstraße 14. Josef Krause. Nein! Ich rate Ihnen, sich Ihren Mann nicht mehr anzusehen. Behalten Sie ihn so in Erinnerung, wie Sie ihn zuletzt gesehen haben. Seine persönlichen Sachen liegen zur Abholung bei Herrn Krause bereit. Übrigens, die Rechnung wegen der Leitplanke … es tut mir leid … wird Ihnen schriftlich zugestellt. Wenn Sie noch Fragen haben, mein Name ist Schmitt, mit doppelt, Jochen Schmitt, Hauptwachtmeister Jochen Schmitt … Polizeipräsidium Westend, 1. Stock, Zimmer 28 … Auf Wiedersehen, Frau Brossmann, und mein herzliches Beileid.«

Geistesabwesend hatte sie nur stumm genickt. Und als sie wieder zu sich kam, redete er immer noch, und ihr war, als hätte sie Stunden alleine im Flur gestanden. Danach, als sie hinter ihm die Türe zusperrte, hätte sie sich am liebsten irgendwo versteckt, wo sie keiner mehr fand. Nie mehr wollte sie einem Menschen begegnen. Keine Fragen beantworten und keine Beileidsbekundungen entgegennehmen. Auch ohne all das würde sie zu einem hässlichen Abbild der Trauer werden.

In der Hoffnung, dass die Kinder nicht aufgewacht waren, lauschte sie angestrengt ins Treppenhaus hinein. Sie hätte in diesem Augenblick nicht in ihre Gesichter schauen können.

Als sie eine Weile voller Anspannung regungslos auf einer Stelle stand, begannen ihr Schultern und Arme zu schmerzen. Zudem spürte sie Trockenheit im Mund. Sie musste umgehend etwas trinken. Auf dem Weg zur Küche blieb sie abrupt am Garderobenspiegel stehen, weil sie sich darin als Spuk, als einen Schatten ihrer selbst wahrnahm. Als würde sie in ihrem Spiegelbild ertrinken wollen, staunte sie sich an. Obwohl sich der Schock immer noch im Gesicht abzeichnete, erblickte sie dennoch das Gesicht einer begehrenswerten Frau von achtunddreißig Jahren. Mit den Fingern versuchte sie ihr rot gefärbtes Haar zu bändigen, das vom Liegen wirr abstand. Kritisch, fast skeptisch kontrollierte sie erneut ihr Aussehen. War ihr Leben nun zu Ende? Sie hatte den Eindruck, dass sich die Trauer von nun an wie ein Makel unauslöschlich in die Haut fressen würde. Den Stempel Witwe bekäme sie aufgedrückt wie ein besonderes Kennzeichen im Personalausweis. Hinzu käme, wie sie befürchtete, dass sie das Mitleid anderer wie eine Aura des Unantastbaren umgeben würde. Und sie sah es schon vor ihrem geistigen Auge, wie man hinter ihrem Rücken tuschelnd die Köpfe zusammensteckte. Die arme Frau … und noch so jung. Ja, sie spürte ganz deutlich, dass mit der Nachricht von Kais Tod etwas in ihr abgestorben war. War die Blässe in ihrem Gesicht nicht schon ein Zeichen davon, dass der Tod ihre Seele gestreift hat?

Sie hängte einen Mantel über den Spiegel.

In der Küche war noch der Abendbrottisch gedeckt. Einladend und Harmonie ausstrahlend wirkte die hübsch dekorierte Essecke. Sie legte großen Wert auf ein gemeinsames Abendessen in stilvollem Ambiente. Heute hatte sie sogar selbst gekocht. Kai liebte den Rinderbraten, den sie nach dem Rezept ihrer Mutter zubereitete. Frau Seibel, der Haushälterin, war es nur recht gewesen, ihr kam der freie Nachmittag sehr gelegen. Auch die Kinder waren tagsüber nicht anwesend. So konnte sie in Ruhe und voller Vorfreude auf den Abend schalten und walten. Bei jedem Handgriff, den sie tat, dachte sie an Kai. Er liebte es, wenn das Filet, mit Butter eingepinselt, im Backofen ordentlich Oberhitze bekam und das heiße Fett in die Zwiebelringe tropfte, mit denen sie den Bräter nach Rezept auslegte. Mit Wasser, Salz, Pfeffer, saure Sahne und etwas Mehl bereitete sie später die Soße zu, die sie dann zu dem noch fast rohen Roastbeef reichen wollte. Während der Zubereitung des Essens war ihr ein Lächeln über das Gesicht gehuscht, als ihr sein Scherz in den Sinn kam, den er gerne machte, wenn er nach einem guten Mahl gesättigt war. »Essen ist wie Sex«, flüsterte er dann zufrieden schmunzelnd, »wenn man fertig ist, meint man, es wäre nicht nötig gewesen.« Woraufhin sie sich jedes Mal halbherzig empörte. »Liebling, ich bitte dich, die Kinder!«

Tja, da lag nun das Roastbeef, mit Liebe gekocht und vom Schicksal verschmäht. Kai war tot, und sie dachte ans Essen, wie konnte sie nur! Wieder stieg Wut in ihr hoch. In dem gebratenen Stück Fleisch sah sie plötzlich das Corpus Delicti für ihre nicht erfüllte Hoffnung auf einen gemütlichen Abend mit ihm und den Kindern. Zornig warf sie den verführerisch duftenden Braten in den Abfalleimer, was dazu führte, dass ihre Seelenschale Risse bekam. Von Weinkrämpfen geschüttelt ließ sie sich auf einen Stuhl fallen. Hier, wo sie niemand sah, brauchte sie nicht mehr stark zu sein.

Auf einmal fühlte sie sich, als wäre sie wieder ein kleines Mädchen, und sie hatte Mühe, dass es nicht vor lauter kindlichem Schmerz aus ihr herausschrie. Der Engel ihrer Kindheit fiel ihr ein, den sie immer rief, wenn sie meinte, dass man ihr ein Unrecht angetan hatte. Wie gut es ihr damals tat, wenn er sie in ihrer Fantasie mit den Worten tröstete, dass aus jeder ihrer Tränen eines Tages wunderschöne Perlen werden würden. Und jetzt? Nur nach Salz schmeckten ihre Lippen.

Die im Herd integrierte Digitaluhr leuchtete bei 23.30 Uhr auf. Sie kramte einen Korkenzieher aus der Schublade. Es ploppte in die Stille hinein, als sie den Korken aus der bereitstehenden Weinflasche zog. Rot wie Blut ergoss sich der Wein ins Glas. Gierig leerte sie es, ohne abzusetzen. Als sie das Glas auf den Tisch abstellte, dachte sie mit Schrecken an den nächsten Tag. Am besten wäre es, eine Checkliste anzulegen von dem, was vorrangig zu erledigen war.

Sie füllte das nächste Glas. Der Sorgentröster tat ihr gut. Die Gedanken wurden kontrollierbarer. Der neue Tag würde schon seinen Rhythmus finden. Als Erstes musste sie in der Frühe Adolf und Hannelore anrufen, die auf Mallorca lebten. »Die guten Eltern«, seufzte sie. Ach, wären sie jetzt hier, bei ihnen fände sie Trost. Was sie damals für vernünftig hielt, nämlich dass die beiden in den Süden ziehen, bedauerte sie nun zutiefst.

Von der Erinnerung an die Hand genommen, ging Julia gedanklich in die Vergangenheit zurück.

Vor einigen Jahren hatten Adolf und Hannelore ihren lang gehegten Wunsch in die Realität umgesetzt, sich auf der Insel eine kleine Finca zu kaufen. Nach über vierzig Jahren im eigenen Frisiersalon hatte Hannelore die Nase gestrichen voll von Dauerwellen und entzündeten Händen, die vom Färben der Haare herrührten. Vom Schwadronieren über Politik, Krampfadern, Königshäuser und nach

Schweiß und Eau de Cologne riechenden Damen. Vierzig Jahre, tagein tagaus, in letzter Zeit mit geschwollenen Beinen und schmerzenden Schultern. Und alles nur wegen ein paar lausiger Mark hatte man vor der Kundschaft gekatzbuckelt. Adolf war es ähnlich ergangen. Er hatte auch die Schnauze voll gehabt. Die Schnauze voll vom sich selbst verbiegen, vor allem auch, wenn sein Vorname zum Thema wurde. »Ja, ja, ja, so schlecht war der Mann gar nicht«, knurrte Adolf dann mit zusammengebissenen Zähnen, wenn die ewig Gestrigen ins Schwärmen gerieten. Insgeheim wünschte er sich dann, wieder mit scharfer Klinge zu rasieren. Und in Gedanken stellte er sich vor, wie ihm bei diesen Schwätzern direkt in Höhe des Kehlkopfes, gewissermaßen aus Versehen, das scharfe Metall abrutschte, weil er wegen dieses verbrecherischen Namenvetters mit acht Jahren ein Waisenkind wurde. Also, bloß weg und alles hinter sich lassen.

Nun lebten sie auf Mallorca. An einem grauen Herbsttag, sagte Hannelore bei der Verabschiedung noch einmal eindringlich: »Liebes Kind, du, Kai und die Kinder, ihr besucht uns immer in den Schulferien, ja? Das wird bestimmt schön. Wir lieben euch!« Winkend sahen sie dem Flieger nach, der den Zugvögeln gleich, in Richtung Süden verschwand.

Als Julia wieder zu sich kam, wollte sie sich nachschenken, stellte aber erstaunt fest, dass nur noch ein letzter Tropfen aus der Weinflasche in das geleerte Glas fiel. Ihr war gar nicht aufgefallen, wie zügig sie zwischendurch getrunken hatte. Unschlüssig stierte sie vor sich hin. Wohl dem Alkohol

geschuldet, fühlte sich ihr inneres Ich mit einem
Male so leicht an. Die Augen geschlossenen lehnte
sie sich im Stuhl zurück, um sich ganz und gar von
diesem angenehmen Gefühl, egal wohin, entführen
oder treiben zu lassen. Kein Gedanke und kein Geräusch störte sie in diesem Augenblick. Bis, ja bis
wie bei den Gezeiten, stetig mächtiger werdend,
Welle für Welle der Angst in ihren Geist und Körper zurückgespült wurde. Angst davor, dass Kai
eines Tages die Erinnerungen an ihn wie eine Trophäe in die Ewigkeit mitnehmen könnte, als würde
sich das gemeinsam Erlebte unweigerlich wie ein
Stück Zucker im salzigen Ozean ihrer Tränen auf-
lösen. Hatte sich sein Ebenbild bereits aufgelöst?
Sie versuchte, ihn sich vorzustellen, doch Schwärze
blieb hinter ihren geschlossenen Augen zurück.
Aufgeregt sprang sie auf, um rasch ins Wohnzimmer zu gehen. Dort wandte sie sich der Anrichte
zu, wo sich die Schublade mit den Fotoalben befand. Sie brauchte auf der Stelle einen Beweis, dass
es ihn wirklich gab.

Wenn sie auf ihr Leben zurückblickte, sah sie
bisher immer nur ihn. Vierzehn Jahre waren sie
verheiratet und davor schon gemeinsam zur Schule
gegangen. Dort war es auch gewesen, als sie sich
eines Tages – sie stutzte – unsterblich in ihn ver-
liebte. Unsterblich, wie oft sagte man das leichtfertig dahin. Und nun? Gab es überhaupt eine Un-
sterblichkeit? Sechzehn Jahre alt war sie gewesen,
als sie ihn mit den Augen einer Frau erkannte.
Nicht nur wegen seiner Körpergröße überragte er
alle auf dem Pausenhof. Auch sein schulterlanges,
dunkel gelocktes Haar unterschied ihn von allen

anderen Jungen seines Alters. Raubeinig und verwegen kam er daher.

Im Sessel nahm sie Platz und knipste die Stehlampe an. Sein Foto in den Händen haltend konnte sie ihren Blick nicht von ihm lassen. Erneut ließ sie sich von ihren Gedanken treiben.

Eigentlich kannte sie Kai bereits aus ihrer Kinderzeit, wo sie sich tagsüber im Frisiersalon ihrer Eltern aufhielt, der für sie gleichzeitig Wohnung und Spielplatz war. Soweit sie zurückdenken konnte, kam er regelmäßig zum Haarschneiden. War sie ehrlich zu sich, dann musste sie sich zugeben, dass sie ihn damals nicht sonderlich mochte. Sie fand ihn sogar blöd, weil sie sich stets darüber ärgerte, wenn er sie im Spiegel so frech beobachtete und ihr immer dann die Zunge herausstreckte, wenn sie zu ihm hinüber schielte. Aber als sie älter wurde und er nicht mehr in den Salon kam, weil er sich die Haare wachsen ließ, vermisste sie diese Augenblicke. Umso glücklicher war sie darüber, dass sie die gleiche Schule wie er besuchte. Denn inzwischen spürte sie ein großes Verlangen nach seiner Nähe, was sie schon damals für Liebe hielt. Von da ab war sie fest davon überzeugt, eines Tages auch sein Herz zu erobern. Sie ließ keine Gelegenheit verstreichen, um in seinen Augen aufzufallen. Die flippigsten Klamotten zog sie sich an, und so sehr Adolf unter Protest versuchte, sie davon abzuhalten, griff sie eines Tages zur Haarschneidemaschine, um sich eine modische Punkerfrisur zu scheren. Alles tat sie für ihren Traum, ihm zu gefallen, und müsste sie ewig auf ihn warten. Aber so lange brauchte sie sich nicht zu gedulden. Ihr

Traum nahm bald schon Realität an. Leider wurde sie jedes Mal rot, wenn sie sich auf dem Schulhof begegneten. Doch dann endlich kam der langersehnte Augenblick. Wie oft hatte sie nachts, wenn sie wegen ihm nicht einschlafen konnte, mit glühenden Wangen auf diesen Moment gehofft. Alleine mit ihm an der Bushaltestelle stehend sagte er auf einmal, dass sie die coolste Frau wäre, die er kennen würde. Und das tat er ziemlich nervös. Was er denn so cool an ihr fände, fragte sie ihn vor Aufregung stotternd. Um Antwort bemüht versuchte er, sich besonders männlich zu geben. Unentwegt an seiner Zigarette ziehend meinte er gespielt lässig, dass er sich in sie verknallt habe. Er gestand ihr sogar, dass ihm ihre coole Frisur und die krassen Klamotten gefielen, die sie trug. Von einem gemeinsamen Freund wusste sie allerdings, dass Kai ihm unter vier Augen von ihrem süßen Lächeln, dem erotischen Silberblick und der gigantischen Oberweite vorgeschwärmt habe. Nun ja, wie es auch gewesen sein mochte, auch bei ihm hatte es offensichtlich gefunkt! Von da ab verbrachten sie jede Unterrichtspause hinter den breiten Säulen der etwas abgelegenen Turnhalle, um für sich alleine zu sein. Meist sahen sie sich, die Hände haltend, schweigend in die Augen oder lachten über dies und das. Wie glücklich war sie darüber gewesen, als Kai sie nach einigen Wochen fragte, ob sie Lust hätte, mit ihm in den Film Love Story zu gehen. Sie verstand seine Frage sofort als ein eindeutiges Zeichen für seine Liebe zu ihr, denn welcher Junge würde schon gerne freiwillig in einen Liebesfilm gehen? Und sie sollte recht behalten.

Sie schien in die Musik einzutauchen, als er sie, von der Dunkelheit geschützt, in der letzten Reihe in die Arme nahm und nicht abließ sie zu küssen. Die Melodie in den Ohren und seine Lippen auf ihren Mund verschmolzen in ihr zu einem unbeschreiblichen Gefühl des Glücks, aber auch der Leidenschaft. Ein kalter und gleichzeitig warmer Schauer rieselte über ihre Haut. Seine Lippen schmeckten nach Rasierwasser, Zigaretten und Pfefferminzkaugummi. So wurde die Titelmelodie des Films zu ihrer ganz persönlichen Schicksalsmelodie und im Laufe der Jahre so eine Art Liebeshymne für sie beide. Kai war der erste Mann, den sie küsste, außer ihren Vater natürlich. Doch bei ihm, da wurde ihr damals selbst im Kinosessel im Sitzen schwindelig. Insgeheim wäre sie sogar dazu bereit gewesen, sich ihm auf der Stelle hinzugeben, wenn er danach verlangt hätte. Darum nahm sie auch, ohne lange zu überlegen, seinen Vorschlag an, mit ihm für den Schulsport zu trainieren. Jede mögliche Minute wollte sie bei ihm sein. Meist an den Mittwochnachmittagen liefen sie beinahe bei jedem Wetter über Wald und Wiesenwege. Ein Prickeln spürte sie im Körper, wenn er sie an warmen Tagen, leicht bekleidet und verschwitzt, im hautengen T-Shirt von der Seite blickend mit den Augen auszog. Das gefiel ihr. Er sollte sehen, dass sie schon eine fertige Frau war. Es tat ihr gut, seine Blicke auf ihren Körper zu spüren, wenn beim Laufen ihre großen, aber festen Brüste keck im Rhythmus ihrer Schritte wippten. Nach einigen Wochen, in denen sich ihr Verlangen nach ihm steigerte, konnte und wollte sie sich nicht mehr zurückhalten.

An einem besonders schönen Nachmittag, als sie von der wolkenlos strahlenden Sonne beschienen querfeldein joggten, ließ sie sich mit raffiniertem Gesichtsausdruck in eine dicht bewachsene Sommerwiese fallen. »Kannst du mir mal den Oberschenkel massieren? Ich glaube, ich habe mir den Muskel gezerrt«, log sie ihn geradezu arglistig an. Und dann? Zwischen blutrotem Klatschmohn und himmelblauen Kornblumen gab sie sich ihm hin. Schwitzend und erschöpft hatte er ihr danach ins Ohr gehaucht. »Juju, du bist meine kleine Hexe, du hast mich verzaubert.« Nie mehr im Leben war sie so glücklich gewesen wie zu jener Stunde. Erst die Frische des kühlen Sommerabends holte sie zurück in die Wirklichkeit. Von da ab waren sie keinen Tag mehr getrennt. Selbst BWL studierte sie, so wie er, nur um in seiner Nähe zu sein. Vor allem Adolf hätte es zwar gerne gesehen, wenn sie Frisöse gelernt hätte, um später den Salon zu übernehmen, aber auf der anderen Seite war er stolz auf seine Tochter, weil sie anscheinend nach Höherem strebte.

Als wäre sie aus einem tiefen Schlaf erwacht, widmete sie sich wieder dem Album. In Gedanken versunken blätterte sie mechanisch Seite für Seite um. Plötzlich hielt sie inne, weil sie direkt in Kais fröhliches Jungengesicht schaute, wie er Faxen machte. Sie konnte sich noch sehr gut daran erinnern, wann diese Aufnahmen geknipst wurden. Um ihre Lebensfreude und ihren Übermut auf vier kleinen Bildchen zu dokumentieren, hatten sie sich seinerzeit in einen Passfotoautomaten gezwängt. Hitze stieg ihr nun in den Kopf, weil sein Lachen darauf aussah, als habe selbst die Ewigkeit keine Macht, diesen damaligen Augenblick zu zerstören. Aber die Fotos dokumentierten nicht nur ihre Lebensfreude, sondern auch ihre Liebe, eine geheime Liebe. Julia musste sogar ein wenig schmunzeln, weil sie die Fotos über eine lange Zeit hinweg vor ihren Eltern im Schrank ihres Mädchenzimmers versteckt hielt. Das schlechte Gewissen trieb sie dazu an. Sie glaubte nämlich, die Bilder könnten verraten, dass sie verbotenerweise mit Kai intim gewesen war.

Von der Erinnerung überwältigt küsste sie sein Abbild, um, wie es in den Märchen mit Happy End geschieht, ihren Prinzen aus dem Fluch des Todes zu erwecken. So lange tat sie es, bis sie befürchtete, ihre Tränen könnten das Papier zerstören. Bedächtig stand sie auf, um im Wohnzimmer den Plattenspieler anzuschalten. Ohne lange suchen zu müssen, zog sie die gewünschte Schreibe aus Kais recht beachtlicher Sammlung heraus. Im schwachen Licht der gedimmten Deckenleuchte setzte sie sich erwartungsvoll lauschend in den Sessel. Bereits bei den ersten Takten ihrer Schicksalsmelodie versteckte sie, vom Seelenschmerz überwältigt, das Gesicht in ihren Händen. Die Melodie, von der sie sich Tröstung erhoffte, quälte sie, ohne dass sie die Kraft dazu aufbringen konnte, aufzustehen, um der Qual sofort ein Ende zu bereiten. Oliver und Jenny, das Liebespaar aus der Love Story, drängten sich ihr auf. An die Gemeinsamkeiten, die sie und Kai mit den beiden hatten, musste sie denken. Nur dass in der Geschichte des Filmpaares Jenny gestorben war und nicht Oliver.

Von Weinkrämpfen geschüttelt durchlebte sie bei jedem Takt der Musik die schönsten Momente, die sie in ihrer viel zu kurz bemessenen Zeit mit Kai erleben durfte. Die Fantasie führte sie gedanklich weit aus ihrem Sessel hinaus in eine Welt, wo alles geschehen kann, wo die Gedanken das Glück bewahren. Dahin floh sie, um es dort noch einmal mit ihm zu durchleben.

Auf diese Weise entführt bekam sie zuerst gar nicht mit, wie sich langsam die Tür öffnete. Ihr stockte der Atem. Vom grellen Flurlicht angestrahlt stand dort eine regungslose Gestalt im Rahmen, als warte zwischen Licht und Dunkelheit ein Engel mit goldblond wallenden Locken in einem langen, weißen Kleid auf sie.

Julia riss es vom Sessel hoch. Doch dann seufzte sie vor Erleichterung auf. Mit weit ausgebreiteten Armen ging sie auf ihre Tochter zu.

»Ach Kind, mein Engel, komm zu mir! Du weinst ja. Hast du schlecht geträumt?«

»Mami, Mami … ich habe Papi gehört, er hat nach uns gerufen.«

Abschiedsstunde

Bevor Pastor Dominik Holthäuser-Lichtenberg mit seiner Predigt am Grab begann, hob er in besinnlicher Gebärde die rechte Hand, um ein imaginäres Kreuz in die Luft zu zeichnen, als wäre es ein Wegweiser aus dem Totenreich hin zum Himmel. Vom Schluchzen der Trauergäste begleitet sprach er: »Euer Herz erschrecke nicht: Glaubt an Gott und glaubt an mich! In meines Vaters Hause sind viele Wohnungen. Wenn's nicht so wäre, hätte ich dann zu euch gesagt: Ich gehe hin, euch die Stätte zu bereiten? Und wenn ich hingehe, euch die Stätte zu bereiten, will ich wiederkommen und euch zu mir nehmen, damit ihr seid, wo ich bin. Und wo ich hingehe, den Weg wisst ihr.«

Von der frostigen Luft begünstigt, stieg sein Atem wie das sichtbar gewordene Wort in den klaren Novemberhimmel. Darunter mischte sich der weihevolle Ton langjährig praktizierter Trauerreden, während die Sargträger mit vor Anstrengung verzerrten Gesichtern den schweren Eichensarg in die feuchte, irdene Kammer hinabließen. Auf einen dezenten Wink des Pastors drückte jemand auf die Starttaste eines Kassetten-Rekorders, und so, wie es sich Julia gewünscht hatte, erklang, gespielt auf einem Klavier, die Schicksalsmelodie, während die Sargträger ihre Kopfbedeckungen zogen und sich tief verneigten. Den Pelzkragen hochgeschlagen, die Krempe des Hutes tief ins Gesicht gezogen, die Arme liebevoll um die Schultern der Kinder gelegt, bewegte Julia stumm die Lippen.

»Schicksalsmelodie, du wirst uns zwei begleiten, doch wenn du erklingst, kann das zu allen Zeiten, nur ein Gruß mir sein aus wunderbaren Tagen, die heut für uns zwei so lang vorbei ...«

Den Kopf rückwärtsgewandt schaute Jana neugierig in die Schar der Trauergäste. Ihr Bruder, blass und ernst, blickte hingegen starr vor sich hin. Nachdem der letzte Ton des Liedes verklungen war, formierte sich eine Reihe, an deren Spitze sich Julia und die Geschwister aufstellten. Ihnen folgten Adolf und Hannelore. Die Trauer um ihren Schwiegersohn überdeckte die Bräune Mallorcas mit auffallender Blässe. Danach folgten Frau Seibel, die Haushälterin, Kais Mitarbeiter, Freunde, Nachbarn, Sportkameraden und Geschäftspartner. Es waren auch einige ältliche Damen auszumachen, die ihr möglicherweise tristes Leben mit Beerdigungen bereichern wollten, um sich mal hier, mal da willkürlich in die jeweilige Trauergemeinde einzureihen. Vielleicht taten sie es auch, um mit der Gewohnheit der Trauer die Angst vor dem eigenen Tod zu mildern. Ein Nebeneffekt davon war, dass sie anschließend mit Kaffee und Kuchen belohnt wurden.

Pastor Dominik Holthäuser-Lichtenberg stützte Julia, die um Fassung rang, als sie aus einem der bereitgestellten, weiß geflochtenen Körbe eine rote Rose nahm und diese als letzten Gruß ins offene Grab warf. Dabei handelte es sich um die gleiche Rosensorte, die damals ihren Brautkranz schmückte, darauf hatte sie Wert gelegt. Und siehe da, von der Erinnerung entrückt, wehte ihr die Fantasie sogar den weißen Schleier ihres Brautkleides vor die Augen. Gleichzeitig hörte sie imaginäre Walzerklänge. Schwindelig, berauscht, trunken von ihrer Einbildung, wiegte sie sich in Kais Armen.

»Frau Brossmann, Frau Brossmann, können Sie stehen?« Besorgt schaute der Gottesmann auf die schwankende Frau.

»Ja, es geht schon!« Julia war fast ungehalten, weil er sie aus ihrem wunderbaren Traum gerissen hatte. War sie doch in dieser Minute ganz nahe bei Kai gewesen. In ihrem Hirngespinst hatte sie sogar das gleiche Glück wie damals bei der Hochzeit in ihrem Herzen empfunden. Doch das Jetzt schüttelte sie grob und stieß sie mit der Nase in die Wirklichkeit. Und die Wirklichkeit zeigte ihr unbarmherzig den Sarg in der Grube, in dem Kai lag, in dessen Armen sie immer Geborgenheit und Liebe fand. Nun war all das in ihm erkaltet. Und in wenigen Augenblicken würden ein Meter fünfzig Dreck und Lehm sie für immer voneinander trennen. So nah und doch weiter entfernt als das Ende der Welt.

Noch von ihren Eindrücken benommen, fragte sie den Pastor: »Warum gerade er, warum musste er so jung sterben? Gibt es Kriterien, die das Schicksal an den Einzelnen ansetzt? Also ich meine, gibt es Verhaltensregeln für ein langes, glückliches Leben?« Sogleich fielen ihr die zehn Gebote ein. Natürlich hatte Kai sich nicht immer daran gehalten, aber wollte man ihn jetzt deswegen bestrafen und sie gleich mit? Ohne die Antwort des Pastors abzuwarten, sagte sie: »Unmöglich, die kann es nicht geben. Verbrecher, selbst Atheisten oder Heuchler sterben, ohne von einer höheren Macht zur Rechenschaft gezogen zu werden, völlig unbekümmert über ihre Verfehlungen erst in hohem Alter. Hätten sie es nicht verdient, früh abgestraft zu werden? Warum dann er? Welchen Sinn ergibt das Leben? Sind wir in Gottes Augen nur Masse und Gott betreibt Rosinenpickerei? Das kann doch nicht sein!« Sie begann zu weinen. »Gott war doch immer der liebe Vater im Himmel meiner Kindheit.« Mit dem großen, schwarzen Hut, unter dessen Krempe ihr Haar wie Feuer aufleuchtete, dem eleganten, silberfarbenen Pelzmantel und den hochhackigen Schuhen hätte Julia ein Foto für das Modejournal abgegeben, wenn sich nicht die Zeichen der Trauer tief in ihr Gesicht gegraben hätten. Unbeweglich und stumm stand sie nun da. Ihr Blick schien die Eichenschale in der Grube durchdringen zu wollen, um Kai ein letztes Mal zu sehen. Sich seinen von etlichen Solarium-Stunden gebräunten Körper gedanklich vor Augen zu führen. Verborgen blieb ihr dabei die aufgerissene Brust, aus der seine Seele wie ein Vögelchen davongeflattert war. »Adieu, Geliebter«, flüsterte sie. Sie öffnete den obersten Knopf ihres Mantels und lockerte den Schal, der sich plötzlich wie ein Strick um ihren Hals schnürte.

Die Rosenkörbe hatten sich geleert. Die Blüten waren auf dem Sarg verteilt. Frierend traten die Umstehenden von einem Fuß auf den anderen, während sie sich die Hände warm rieben.

Hannelore nahm eilig die Kinder an die Hand, und ohne sich noch einmal umzudrehen, verließ sie mit ihnen und Adolf rasch die bedrückende Stätte des Abschieds, um unverzüglich nach Hause zu fahren. Zumindest die Zeremonie des Leichenschmauses wollte man den Kindern ersparen. Unter den Friedhofsgästen hatten sich inzwischen Grüppchen gebildet, die sich angemessen murmelnd zum nahe gelegenen Kaffee Schmitz aufmachten.

»Kommen Sie, gnädige Frau, Sie werden sich noch erkälten, Sie sind ja ganz erhitzt!«

Der Pastor und Julia waren die Letzten, die zurückblieben. Ihm kam es vor, als wolle sein Schäfchen die endgültige Trennung noch ein wenig hinauszögern. Als Aufforderung, mitzugehen, hielt er ihr die Hand entgegen. Den Blick ins Leere gerichtet sagte sie schließlich: »Sie haben recht, Herr Pastor, ich kann nichts mehr für meinen Mann tun.« Einsichtig hakte sie sich bei ihm unter. Nach wenigen Schritten blieb sie mit grüblerischer Miene stehen. »Sie haben aber noch nicht meine Frage beantwortet. Können Sie mir sagen, welche Schuld mein Mann auf sich geladen hat, dass er sterben musste?« Sie sah den Pastor an, als hätte er es zu verantworten. Und als er nicht gleich darauf einging, klang es erneut wie ein Vorwurf: »Alle unsere Wünsche und Hoffnungen wurden in einer Sekunde zunichtegemacht! Pläne zertrümmert, umgestoßen, warum ... warum, Herr Pastor?« Erregt griff sie mit beiden Händen nach dem Revers seines Talars. »WARUM?«

Wenn es um Tod und Leid ging, waren Pastor Dominik Holthäuser-Lichtenberg Emotionen nicht fremd. In seinem lang ausgeübten Geschäft der Seelsorge war er diesbezüglich auf alle Fragen vorbereitet. Quasi staccato konnte er aus den Schriften der Bibel seine Antworten abrufen, das war sein Beruf.

»Beten Sie, Frau Brossmann?«, begann er sehr ernst. »Beten Sie zum Beispiel das Vaterunser?«

Das Revers immer noch fest im Griff haltend, sah Julia ihn mit großen Augen an. »Ja«, antwortete sie verwundert.

Als suche er weit oben die passenden Worte, blickte der Pastor bedeutungsvoll zum Himmel. Und mit eben diesem bedeutungsvollen Gesichtsausdruck ließ er verlauten: »Dann sind Sie mitverantwortlich für das, was geschieht.« Er senkte seinen Blick und umfasste ihr Handgelenk, um eindringlich auf sie einzuwirken, indem er noch hinzufügte: »Um nicht zu sagen, liebe Schwester, dass Sie somit bei allem, was geschieht, auch eine gewisse Mitschuld tragen.«

Nun wechselte Julias Verwunderung in Empörung. »Meine Mitschuld … wie bitte?« Langsam ließ sie ihre Hände am schwarzen Tuch ihres Gegenübers abgleiten, als hätte sie keine Kraft mehr. Aber schon trommelte sie unversehens wild mit den Fäusten auf den Brustkorb des erschrockenen Gottesmannes. »Meine Mitschuld, meine Mitschuld?«, schrie sie hysterisch, sodass die in unmittelbarer Nähe beschäftigten Friedhofsarbeiter in ihrem Tun erstarrten.

»Liebe gute Frau, ich bitte Sie, so beruhigen Sie sich doch! Sehen Sie, Sie beten doch, dein Wille geschehe, wie im Himmel, so auch auf Erden. Nun, wenn Sie nicht mit den Konsequenzen, die sich daraus ergeben, leben wollen oder können, dann beten Sie doch lieber mein Wille geschehe, Herr! Aber wie gerne nehmen wir den Willen des Herrn in Anspruch, wenn er uns sorglose Stunden oder Tage schenkt. Also müssen wir es auch hinnehmen, wenn Gott nach dem Gebet handelt. Dein Wille geschehe, wie im Himmel, so auch auf Erden!«

Nachdenklich geworden bat sie: »Lassen Sie uns gehen, die anderen werden bereits auf uns warten!«

Vorbei war es mit der Mittagsruhe im Café Schmitz. Inzwischen herrschte im großen Saal allgemeines Palaver. Zigarettenrauch hüllte die schwadronierenden Trauergäste ein. Jeder redete, keiner hörte zu. Kaffee, Bier, Wein, Likör, Limonade schwebten auf silbernen Tabletts zu den Tischen. Mit geröteten Wangen eilte die Bedienung durch den überhitzten Raum. Ob man die Musik nicht lauter stellen könne, wurde ihr nachgerufen.

»Meine Herrschaften, Ruhe bitte, ich bitte um Ruhe!« Am Kopfende der im Karree aufgestellten Tische streckte sich der Seelsorger in seiner vollen Körpergröße. Als man ihn nicht beachtete, nahm er einen Kaffeelöffel vom Gedeck auf und klopfte damit gegen das zuvor genüsslich geleerte Weinglas. Nun beruhigte sich die Gesellschaft im wahrsten Sinne schlagartig.

Der Pastor räusperte sich mehrmals. »Verehrte Versammlung«, begann er. »Lassen Sie mich in Besinnung und im Andenken an den lieben

Verstorbenen noch einige Worte an Sie richten und an die neuen Zeiten im Übrigen!«

Mucksmäuschenstill wurde es, und alle Augen waren auf den frommen Mann gerichtet, als säße man nicht in einem Café, sondern in einem Gotteshaus. Wer jetzt noch hustete oder sich räusperte, wurde vom Pastor schief angesehen. Auch die Bedienung, die noch einmal den Kopf durch den Türspalt steckte, um sich zu entschuldigen, weil ihr beim Verlassen des Raumes die Tür zu laut ins Schloss gefallen war, quittierte von den Anwesenden ein kollektives Unverständnis.

Erneutes Klopfen am Weinglas ließ die Köpfe wieder in Richtung Pastor wenden. Und dann begann dessen Litanei. Nachdem er sehr persönliche Worte für den Verstorbenen fand, wies er anschließend ganz allgemein darauf hin, dass man sich nicht von der Meinung vieler täuschen lassen soll, Gott wäre fern oder es gäbe ihn nicht, wenn er sich nicht zeigte. Außerdem wäre es ein Irrglaube zu meinen, nur weil Gott den Menschen am langen Zügel laufen ließe, meine der Mensch in seinem freien Willen irrtümlich, es gäbe in der Sündhaftigkeit keinen strafenden Gott. Und genau das wäre der Grund, warum sich der Mensch mehr und mehr von Gott entferne. »Doch«, betonte er mit lauter Stimme, »Angst und Trauer sind seine Gnade und Kandare, denjenigen wieder auf den rechten Weg zu bringen, der von seinem vorgegebenen Weg abweicht. Angst und Trauer werden somit der kürzeste Weg zu Gott!«

Zufrieden nahm der Pastor das allseitige Nicken in seinem Herzen auf. Der zweite Teil seiner

Ansprache geriet dann zu einer einzigen Anklage: Händeringend beschwor er, dass endlich ein Ruck durch die Gesellschaft gehen müsse. Das Ende der Ausbeutung von der Natur und der Ressourcen im Allgemeinen wäre längst gekommen. Und in Hinblick auf die teuren Luxuskarossen, die vor dem Friedhof parkten, müsse endlich mehr Bescheidenheit in der Gesellschaft Platz greifen. Und, wie er ebenfalls sehe, wenn er sich so umschaue, gehörten dazu auch die mit Brillanten besetzten Uhren, die aus der sicherlich maßgeschneiderten Kleidung blitzten. Des Weiteren sprach er von Minute zu Minute erregter von Moral und Sitte. Unruhe entstand im Saal. Als er aber damit drohte, dass, wenn alldem nicht umgehend Einhalt geboten würde, Mutter Erde unweigerlich ihre Kinder züchtigen oder gar verstoßen werde, trat wieder betretene Stille ein. Diesen Moment nutzte Pastor Dominik Holthäuser-Lichtenberg, seine Schäfchen förmlich wachzurütteln. Mit finsterem Blick drohte er, endlich vom Teufel und dessen Verführungen abzulassen. Demonstrativ erhob er sein leeres Weinglas. Darauf weisend prophezeite er, man könne die Verführbarkeit mit einem allzu köstlichen Wein vergleichen, der in Wirklichkeit aber ein tödlicher Trunk wäre.

Genau in diesen eindringlichen Appell hinein rief eine Stimme völlig ungeniert der gerade eintretenden Bedienung zu: »Noch sechs Pils, Fräulein!« Den Mann mit unüberhörbarem Aufstöhnen ins Visier nehmend, rief der Gottesmann ihm zu, er solle sich nicht täuschen lassen, auch Gott habe seine Augen überall. Ganz in seinem Element machte er eine Kunstpause. Als nun ein Handy trillerte, bäumte er sich noch einmal mit den Worten auf: »Werdet zu sprühenden Funken, die das Feuer der Liebe entzünden. Amen!« Dann ließ er sich erschöpft in den Stuhl fallen. Ein wohlwollendes Lächeln huschte über sein Gesicht, als Julia ihm sein Glas mit Wein nachfüllte.

Die letzten Worte des Pastors hatte keiner mehr recht mitbekommen, sie gingen in gegenseitigen Bekundungen unter. Reihum bestätigte man sich, dass der Pastor gut gesprochen und dass es bei der Beerdigung Gott sei Dank nicht geregnet habe. Dass man im Übrigen schon lange damit rechnete, dass der Brossmann sich eines Tages den Hals bräche, der wäre schließlich immer wie eine gesengte Sau gefahren!

»Ja, ja, ja«, klang es vielstimmig. »Armer Teufel, und die arme, junge, aparte Frau. Ach, was solls, nehmen wir noch einen, so jung kommen wir nicht mehr zusammen. Prost!«

Am Abend danach

Die Fenster der Jugendstilvilla zeigten sich hell erleuchtet. Aus Lars' Zimmer ertönte laute Musik. Den Blick konzentriert auf den Monitor gerichtet, bedienten seine Finger flink den Joystick. Das Spiel lenkte ihn ab. Es vermittelte ihm die Fantasie, sein Zimmer sei zu einer Insel geworden, auf die er sich versteckt hielt, weil die Gefühle in ihm tobten, als wären sie ein aufbrausendes Meer, das nur darauf aus wäre, sein Reich mit Trauer zu beschmutzen. Das konnte und wollte er nicht zulassen! Vater war tot, wer sollte ihm nun noch beistehen?

In Parterre saß seine Familie. Mutter las Beileidspost. Jana lag mit Oma Hannie auf der Couch, die der Kleinen aufmerksam zuhörte. Tröstend nahm sie ihre sprudelnden Worte auf, als Jana ihr von der Beerdigung erzählte. Adolf saß im Sessel und studierte die Lebensversicherungspolice seines Schwiegersohns, die er sich vor einer viertel Stunde aus dessen persönlichen Unterlagen herausgesucht hat. Zwischendurch schaute er mit zornigem Gesichtsausdruck zur Decke hoch, weil von dort laut und deutlich vernehmbar hämmernde Techno-Klänge aus Lars' Zimmer nach unten drangen, die sich störend in die Musik aus dem Radio mischten. Klassik am Abend war Adolfs Lieblingssendung. Genervt stand er auf, um das Radio lauter zu stellen, aus dem eine Ouvertüre von Bach erklang. Vor dem Gerät stehend lauschte er mit geschlossenen Augen eine Weile den Streichern. Unvermittelt riss er sich dann aufgebracht die Brille von der Nase.

»Ich gehe sofort hoch und stell dem Jungen das Ge-dudel ab!«

»Vater«, Julia sah ihn beschwichtigend an, »sei bitte nachsichtig mit ihm, es ist einfach seine Art, das Geschehen zu verarbeiten.«

»Aber Kind, es geht doch nicht, dass an dem Tag, an dem sein Vater unter die Erde gebracht wurde, diese Hottentottenmusik hier im Haus ge-spielt wird! Außerdem hätte ich mir gerne in Ruhe diese wunderbare 3. Suite aus Air zu Ende ange-hört. Bei dem Spektakel wird diese einmalige Kom-position doch zur Kirmesmusik verunstaltet! Und wenn du mich fragst, hat er sich zu dieser Stunde gefälligst zu uns zu setzen! Überhaupt, ständig die-ses nervtötend Bumm-Bumm und Gejaule im gan-zen Haus. Weißt du eigentlich genau, was er da für einen Computerschund spielt? Liebes Kind, hast du dich schon einmal dafür interessiert, was der Junge da oben treibt?«

Das Letzte, was Julia nach all den aufregenden Stunden gebrauchen konnte, war Stress. Schwerfäl-lig stand sie auf. Als sei den Jahren vorgegriffen worden, hatte sich ihre nervliche Belastung wie eine bleierne Verkleidung über sie gelegt. »Ich gehe ja schon, ich werde ihn bitten, die Musik leiser zu stellen.« Und damit verließ sie das Zimmer.

Schmerzlich berührt schaute Hannelore ihrer Tochter hinterher. »Das arme Kind.«

Weil ihre Großmutter abgelenkt war, stieß Jana sie ungeduldig mit der Hand an. »Oma, Oma, hast du auf dem Friedhof auch meinen Dad gesehen?«

Hannelore sah ihre Enkelin erstaunt an.

Ohne ihre Antwort abzuwarten, behauptete Jana: »Er stand direkt vor mir und wollte mir einen Kuss geben. Aber weil ich mich fürchtete, habe ich mich schnell umgedreht. Danach war er weg.«

»Ach, was redest du denn da, Mäuschen? Ich mag es nicht, wenn du mir Märchen erzählst! Hörst du? Dann werde ich ganz traurig.«

Trotzig schlug Jana die Arme übereinander. »Und ich habe ihn doch gesehen!«

Adolf, der sich wieder beruhigt hatte und seiner Prüfung nachging, sah erstaunt vom Aktenordner hoch. Abwägend musterte er seine Enkelin. Dann meinte er: »Sie wird sich auf dem Friedhof erkältet haben. Vielleicht hat sie Fieber.« Dennoch hielt er ihr mahnend vor: »Muss das denn sein, immer Dad zu sagen? Kannst du nicht ein vernünftiges Deutsch reden und deinen Vater, wie es sich gehört, Vater nennen?«

Hannelores Miene verfinsterte sich. Vorwurfsvoll zu Adolf blickend schüttelte sie verärgert den Kopf. »Jetzt hack nicht auch noch auf dem Mädchen rum, ich bitte dich!« Mit der Hand auf Janas Stirn fragte sie besorgt: »Fühlst du dich nicht wohl, mein Mäuschen?«

»Lars! Lars, hörst du? Bitte öffne die Tür.« Julia hatte alle Mühe, sich bemerkbar zu machen. Es dauerte eine Weile, bis von innen der Schlüssel herumgedreht wurde und sich sachte die Tür öffnete. Sofort fiel ihr der sonderbare Blick ihres Jungen auf. Ihr war, als wäre das Kind aus ihm geflohen, so düster und fremd schaute er sie an.

In diesem Moment spürte sie, dass die Traumblase ihrer Bilderbuchfamilie endgültig wie eine Seifenblase zerplatzte. Nie wieder würde es so werden, wie es einmal gewesen war. Sie riss sich zusammen, um nicht in Tränen auszubrechen. Wenigstens für ihre Kinder musste sie stark sein.

Lars' allzu forsche Frage, was sie wolle, holte sie aus ihrer Überlegung zurück. »Liebling, willst du dich nicht zu uns ins Wohnzimmer setzen?« Sie hätte ihm in diesem Augenblick gar nicht erklären können, warum er es tun sollte. Wahrscheinlich wollte sie zwischen ihm und dem Großvater vermitteln, der die laute Musik nicht länger hinnahm, wie sie befürchtete.

»Ich will alleine sein!«, gab Lars kurz und bündig zu verstehen.

»Dann stelle bitte die Musik leiser oder setz dir wenigstens die Kopfhörer auf«, bat sie ihn nachdrücklich.

»Hat sich der Alte wieder beschwert?«, mokierte sich Lars, die Fäuste in die Hüften gestemmt.

Julia stand kurz davor, die Beherrschung zu verlieren, doch sie besann sich. Gequält lächelnd verließ sie sein Zimmer und schloss hinter sich die Tür. Bevor sie wieder nach unten ging, wartete sie einen Moment, wie Lars sich verhielt. Zufrieden atmete sie durch; im Zimmer war es still geworden.

Aber nein, Lars hatte sich keine Kopfhörer aufgesetzt. Er hatte den CD-Player und das Licht ausgeschaltet und sich aufs Bett gelegt. Lang ausgestreckt, die Arme hinter dem Kopf verschränkt, beobachtete er fasziniert, wie der eingeschaltete Monitor flackernde Schatten an die Zimmerdecke warf. Schatten, die sich in seiner Fantasie zunehmend in Spukgestalten wandelten, die ihn dann aber doch ängstigten. Ohne seinen schussbereiten Joystick in der Hand fühlte er sich ihnen hilflos ausgeliefert. Davon erschrocken sprang er auf. Umgehend schaltete er die Deckenbeleuchtung wieder an. Erleichtert stellte er fest, die Fantasiegebilde waren verschwunden. Vertrautes umgab ihn.

Sein Blick suchte Halt an den Fotos, die an der Wand hingen. Doch die Bilder aus guten Kindertagen kamen ihm nun sonderbar verändert vor. Wenn er sie sonst betrachtete, dann war ihm, als erlebe er die darauf abgebildeten Szenen mit ihm und seinem Vater jedes Mal aufs Neue. Nun aber fühlte er nichts dergleichen, als hätte es diese Augenblicke nie gegeben. Das Lachen auf den Fotos war tot.

Da überfiel ihn der verrückte Gedanke, wie er als kleiner Junge Frösche, Käfer und Grillen in Marmeladengläser eingeschraubt hatte, ohne zu bedenken, dass sie darin erstickten. Ebenso erstickt kamen ihm nun die an der Wand abgebildeten Kindertage mit seinem Vater vor, die gleichfalls hinter Glas und Holzrahmen eingesperrt schienen. Die Erkenntnis stach ihm ins Herz. Den Kopf auf die Hände abgestützt, setzte er sich aufs Bett zurück. Er hoffte so sehr, dass Vater, egal wo er auch war und auf welche Weise auch immer, jetzt kommen würde, um ihn zu trösten. Aber dies geschah nicht.

Nach einer Weile stand er auf, um aus dem Fenster zu sehen, als erwarte er etwas Unbestimmtes aus der Dunkelheit. Doch nur frostiger Dunst tanzte im matten Schein der Straßenlaternen. »Wo bist du, Dad?«, flüsterte er. Den Blick auf die Nebelschwaden gerichtet wünschte er sich, es wäre Aladins Geist aus der Flasche, der um die Häuser wehte, dem er seine Wünsche jetzt anvertrauen dürfe. Und er wünschte sich ein Schwert und eine Panzerrüstung, damit er in dieser Ausstattung den Tod herausfordern und besiegen konnte, geradeso wie Siegfried den Drachen erlegte. Den überwältigten Tod würde er seinem Vater dann als Trophäe zu Füßen legen, damit er wieder leben könnte.

Natürlich wusste Lars, dass das alles nur Märchen waren, nichts weiter als Lügen, die sich Menschen ausgedacht hatten. Auch sein Vater hatte ihn belogen. Keines seiner Versprechen würde sich noch bewahrheiten.

Im Haus war Ruhe eingekehrt. Einzig Julia war noch nicht ins Bett gegangen. Mit einer Flasche Rotwein betrat sie Kais Arbeitszimmer. Die Tür ließ sie offen, damit Flurlicht hineinfiel. Sie wählte dieses Zimmer in der Hoffnung, ihm dadurch noch näher zu sein. Mitten im Raum blieb sie stehen.

Die Augen geschlossen, atmete sie tief durch die Nase ein. Es roch nach ihm. Wenn er, wie es häufig geschehen war, bis spät in den Abend hinein an seinem Schreibtisch arbeitete, rauchte er gelegentlich eine gute Zigarre. Eigentlich mochte sie es nicht. Überall im Haus roch es danach, warf sie ihm regelmäßig vor. Jetzt aber wäre sie froh gewesen, ihn hinter dem Zigarrenrauch an seinem Schreibtisch sitzen zu sehen. Schmerz drückte sich in ihrer Mimik aus. Sie rupfte den Korken vom Flaschenhals und trank einen großen Schluck, ohne ein Glas zu benutzen. Ihre Wangen waren bereits vom Alkohol gerötet, es war nicht der erste Schluck, den sie sich in den vergangenen Stunden gönnte. Auf dem Schreibtisch stellte sie die Flasche ab und betätigte den Schalter der Schreibtischlampe, deren Licht einen Stapel Papiere und ein gerahmtes Foto beleuchtete, auf dem ihre kleine Familie zu sehen war, die sie fröhlich anlachte. Sie konnte sich noch sehr gut an den Zeitpunkt erinnern, an dem es vor Jahren aufgenommen wurde, weil sie da alle zusammen sehr glücklich waren.

»Was bleibt übrig vom Glück?«, fragte sie sich seufzend. Tränen stiegen ihr in die Augen. Gleichzeitig machte sich Hilflosigkeit in ihr breit, weil sie sich dem Schicksal ausgeliefert fühlte. Entschlossen griff sie nach dem Bilderrahmen, um gleich darauf mit vor Aufregung zittriger Hand die Rückwand zu lösen. Sie wollte nicht nur das Foto, sondern auch all die Erinnerung zerreißen, weil sie ihr jetzt so wehtaten. Aber schon fiel das Foto zu Boden. Umständlich bückte sie sich danach. Auf der Rückseite stand ein Vermerk. Meine Juju und die Kinder, ich liebe Euch!

Ihre Finger fuhren sanft über Kais Schrift. Sie hatte es immer so sehr gemocht, wenn er sie wie damals, als sie im Gras lagen, Juju nannte. Sie besann sich. Plötzlich fehlte ihr die Überwindung, es zu zerreißen. Sie zog die Schreibtischschublade auf, um es dort unter dem Briefpapier abzulegen.

Beim Anblick der Bögen kam ihr die Idee, Kai einen Brief zu schreiben. Nein, der Gedanke, verrückt zu sein, kam ihr nicht. Schon als Mädchen hatte sie ein Tagebuch geführt, dem sie so machen Kummer anvertraute, der dadurch erträglicher wurde. Sie entnahm der Lade ein Blatt, und aus der Schale mit den Schreibgeräten fingerte sie sich Kais vergoldeten Montblanc-Füllfederhalter heraus, den sie ihm vor einigen Jahren zu Weihnachten geschenkt hatte.

Nach etwa zwei Stunden, es war inzwischen halb drei geworden, setzte die Müdigkeit einen fetten Tintenklecks als Schlusspunkt unter einen sehr lang gewordenen Brief, in dem sie ihm all das schrieb, was sie ihm nicht mehr sagen konnte. Darin war von zerbrochener Hoffnung die Rede, von zerplatzten Träumen, von Traurigkeit und von ihrer endlosen Liebe zu ihm. Einer Liebe, die, solange sie lebte, durch ihre gemeinsame Melodie verbunden bleiben würde, weil Musik jede Grenze überwand. Völlig übernächtigt faltete sie das Papier, steckte es in einen Umschlag und versiegelte diesen mit einem innigen Kuss.

Aber wohin mit dem Brief? Die Zigarrenkiste brachte ihr den Einfall, ihn darin zu hinterlegen. Sie konnte in diesem Augenblick noch nicht wissen, dass es nicht bei dem einen Brief bleiben sollte.

In der Kiste befanden sich nur noch wenige Zigarren, die sie herausnahm und lose in der Schublade beließ. Neugierig kramte sie das Fach durch. Dabei fiel ihr ein bereits vergilbtes Foto in die Hände. Aber wer war das Mädchen mit den langen Schleifenzöpfen, das in ihrem karierten Sommerkleidchen fröhlich in die Welt schaute? Ihr war dieses Kind völlig unbekannt. Sie hielt das Foto dicht vor ihre Augen, als müsse sie darauf etwas Bekanntes erkennen.

Darauf abgebildet zeigte sich eine ländliche Idylle. Der Himmel auf dem Foto wurde von gedrungenen, weiß getünchten Häusern unterbrochen, auf deren Dächern Nester zu sehen waren, in denen Störche ihre Schnäbel hochreckten. Vor einem Weiher im Vordergrund, direkt neben einem Pferdefuhrwerk, stand eben jenes bezopfte Mädchen. Julia konnte sich darauf keinen Reim machen. Kopfschüttelnd wendete sie das Bild. Die Rückseite war beschrieben. Es fiel ihr schwer, die kleine, wie flüchtig dahingekritzelte Schrift zu entziffern. Sie las langsam, aber schnell wurde ihr klar, wer diese Zeilen geschrieben hatte.

Ihre Verwunderung nahm zu. Dem Text entnahm sie, dass Barbara, Kais Stiefmutter, ihm auf diese Weise zu erklären versuchte, warum sie sich damals nicht dazu in der Lage fühlte, ihm eine liebevolle Ersatzmutter gewesen zu sein. Sie warb um Verständnis dafür, das ihr wegen des Krieges und der darauffolgenden Flucht selbst die Liebe genommen wurde, die nötig gewesen wäre, um Liebe weitergeben zu können. Abschließend stand unten rechts, kaum noch lesbar: Barbara Kalluweit, Pillkallen, Ostpreußen, Spätsommer 1945.

Gedankenverloren legte Julia das Foto auf den Schoß ab. Die Augen zusammengekniffenen, verlor sich ihr Blick im Licht der Schreibtischlampe, als suche sie in der Helligkeit Erleuchtung. Erleuchtung darüber, wann und wie Kai an dieses Foto gekommen sein mochte und warum er nie mit ihr über eine Begegnung mit Barbara gesprochen hatte. Denn das Treffen mit seiner ihm verhassten Stiefmutter musste für ihn eine besondere Situation gewesen sein. Nur ungern erinnerte sich Julia an diese Frau. Vor allem als Kai noch ein Kind war, verhielt sie sich ihm gegenüber hartherzig, ungerecht, berechnend und bösartig, wie er in mancher Stunde seiner Niedergeschlagenheit erzählte. Und nach dem Tod seines Vaters zeigte diese Frau erst recht ihr wahres Gesicht.

Beim Gedanken daran, wie ihr Schwiegervater Rolf sein irdisches Ende fand, (weswegen er damals zum Gespött all jener wurde, die davon erfuhren), musste Julia schmunzeln. Ein Herzinfarkt traf ihn auf einer Dirne liegend, der Höhepunkt löschte ihm quasi das Lebenslicht aus. Denn genau in diesem Augenblick, als er ejakulierend in das verblüffte Gesicht jener Dame schaute, wurde es schwarz vor seinen Augen, wie man von ihr erfuhr. Sie habe im Unterleib sofort gespürt, wie alles Leben aus ihm gewichen war. Davon erschrocken wollte sie ihn von sich wegstoßen, aber auch unter größter Anstrengung war ihr dies nicht gelungen. Selbst die herbeigerufene Hilfe habe große Schwierigkeiten gehabt, den massigen Kerl von ihr herunterzubekommen. Vier kräftige Männer, die auf die entsetzten Rufe der Frau eilends herbeigestürmt kamen, waren nötig, ihn von der jammernden Nackten runter auf den Boden zu schleifen.

So schlimm es hier klingen mag, der Tod seines Vaters war für Kai wie eine Erlösung gewesen. Nun hatte er, kaum dreißig Jahre alt, das absolute

Sagen über den väterlichen Betrieb, auch wenn ihm die Stiefmutter sehr schnell das Erbe streitig machen wollte. Aber es sollte ihr nicht gelingen. Kai hatte alle juristischen Trümpfe in der Hand, weil sich das Testament des Alten als vorausschauend erwies. Dennoch gab es hässliche Auseinandersetzungen vor Gericht. Aber nicht nur das war der Grund, weswegen Kai der Frau, die unmittelbar nach dem Tod seiner Mutter als sein Kindermädchen ins Haus kam, nicht das Schwarze unter den Fingernägeln gönnte. Er hatte sich bereits in seiner frühsten Kindheit geschworen, nie zu vergessen, wie sie sich nach dem Tod seiner leiblichen Mutter raffiniert an seinen Vater herangemacht hatte. Beinahe zu jeder Nachtstunde drang ihr Stöhnen aus Vaters Schlafstube durch die Wände an seine Ohren, die er dann mit beiden Händen fest verschlossen hielt. Damals wusste er noch nicht, dass auch die Lust stöhnt, als habe sie Schmerzen. Ohne Frage, es konnte nicht anders gewesen sein. Vater war der zehn Jahre jüngeren, allerdings sehr attraktiven Frau rettungslos erlegen gewesen, wofür Kai wiederum auch seinen Vater hasste. Und es war ihm eine Genugtuung, als er sie, kurz nachdem Vater verstorben war, rigoros vor die Tür setzen konnte. Damit schien sie auch aus seinen Gedanken gelöscht zu sein. Für immer aus seiner Welt verschwunden. Er sprach nie mehr über sie. Bis sie sich, und das musste noch vor dem Foto gewesen sein, etliche Jahre später in Form eines kleinen Artikels in der Lokalzeitung wieder in sein Leben drängte. Im Beisein von Julia überflog er seinerzeit am Frühstückstisch besagten Text, als ginge ihn das

Geschriebene nichts an. Zunächst las er flüchtig die Nachricht, in der es um eine Frau ging, die nachts bei bitterkalter Witterung leicht bekleidet, alkoholisiert und in verwirrtem Allgemeinzustand im Stadtwald von der Polizei aufgegriffen wurde. Weiter war dort zu lesen, dass sie in einem heruntergekommenen Haus zusammen mit achtunddreißig ebenfalls verwahrlosten Katzen lebte. Kai wollte schon weiterblättern, da stutzte er bei der Namensbezeichnung: B.K. Nun einem inneren Zwang folgend, las er den Artikel mehrmals durch, weil ihm vor Monaten eine ärmlich aussehende Frau auf der Straße aufgefallen war, in der er im Vorbeifahren Barbara erkannt zu haben glaubte. Ein Verdacht stieg in ihm hoch, dass es sich bei der in der Zeitung beschriebenen Person tatsächlich um sie handeln könnte.

Nur wenige Tage später bestätigte sich seine Vermutung. Ein Kunde vom Autohaus, von Beruf Polizeibeamter, der am besagten nächtlichen Einsatz beteiligt war, fragte Kai rundheraus, ob es sich bei der aufgegriffenen Frau Brossmann um seine Stiefmutter handeln könnte. Da gab es für Kai keinen Zweifel mehr. Der Polizeibeamte zeigte sich allerdings erstaunt darüber, wie eine vormals gut situierte Frau in solch eine miserable Lage geraten konnte. Und dann beschrieb er haarklein, wie sie aufgegriffen wurde. Im stockdusteren Wald in einem Busch habe sie halb nackt gehockt, echauffierte er sich. Von der Taschenlampe angeleuchtet habe sie aus Leibeskräften geschrien, dass es ihm durch Mark und Bein ging.

Beschämt hatte Kai zugehört. Aber was konnte er darauf erwidern, um nicht als ein Lump zu gelten? Also entgegnete er gleichmütig, dass er sich darum kümmern würde. Vielleicht war es nur als Floskel gedacht. Jedenfalls rührte sich bei Kai das Gewissen. Nur wenig später nach dem Zwischenfall führte ihn sein Weg in Begleitung von Julia in ein Altenpflegeheim, in dem die völlig demente Stiefmutter bis zu ihrem baldigen Tod ihr klägliches Dasein fristete. Julia erinnerte sich nur zu gut daran, wie sie zum ersten Mal Barbaras Zimmer betraten. Kaum wiederzuerkennen, saß die Gealterte in einem körperlich erbärmlichen Zustand mitten im Raum auf einen Stuhl und kicherte ununterbrochen vor sich hin. Ohne sie angesprochen zu haben, verschwanden Kai und Julia umgehend aus dem Zimmer. Noch am Ende des Flurs hörten sie dieses wahnwitzige Kichern.

Auch jetzt wieder, in diesem Augenblick, hörte Julia das seltsame Gegacker in ihrem Kopf, als säße die Alte direkt neben ihr. Sofort war sie hellwach. Davon beeindruckt schaute sie sich erneut das Foto an. Warum hat Kai es aufgehoben, wunderte sie sich, nach allem, was Barbara ihm angetan hat?

Ja, wenn er es in tausend Stücke gerissen hätte, wäre es verständlich gewesen. Sogar als Mörder hatte sie ihn tituliert, wenn ihr aus einer Laune heraus danach war. Und er hatte es stillschweigend hingenommen, weil er sich tatsächlich als Mörder an seiner leiblichen Mutter fühlte. Sogar sein Vater hatte es ihm einmal im Zorn vorgehalten, gerade in der Zeit, in der er seine Mutter besonders gebraucht hätte, wie er Julia damals mit Tränen in den Augen erzählte. Um ihn zu beruhigen, wollte Julia es als eine dumme Schwätzerei von den beiden abtun. Doch da hatte sie bei Kai den falschen Ton getroffen. »Bin ich etwa kein Mörder? Der Mörder meiner eigenen Mutter? Haben Barbara und Vater denn nicht recht damit gehabt? Mutter ist bei meiner Geburt gestorben«, empörte er sich in seiner Selbstbeschuldigung.

Julia gähnte und reckte sich. Die alten Geschichten sollte man ruhen lassen, dachte sie. Bevor sie endgültig am Schreibtisch einschlief, wollte sie zu Bett gehen. Das Foto mit dem kleinen Mädchen hielt sie immer noch in der Hand. Sie zögerte kurz, dann zerriss sie es in kleine Stücke.

Vor lauter Aufregung klebte ihr die Zunge am Gaumen. Wieder trank sie aus der Flasche. Dann löschte sie das Licht, und mit schwankendem Schritt verließ sie das Zimmer.

Mit bleiernen Gliedern und einem faden Geschmack im Mund wachte Julia Stunden später auf. Obwohl das Zimmer wegen der zugezogenen Vorhänge glauben machte, der Tag hätte noch nicht begonnen, war es nicht mehr früher Morgen, da Frau Seibel gut vernehmbar im Treppenhaus die Teppichläufer saugte.

»Legen Sie ruhig los«, hatte Adolf etwas brummig zu ihr gesagt, »für meine Tochter wird es so oder so Zeit, endlich aufzustehen.«

Julia drückte auf den Schalter der Nachttischlampe. Das Licht schien ihr grell in die Augen. Unsanft geweckt pochte ihr der Pulsschlag unangenehm in den Schläfen, sodass sie das Licht umgehend wieder löschte. Der süße Wein hatte einen ordentlichen Kater in ihrem Kopf hinterlassen. Zudem fühlte sie sich auf sonderbare Weise bedroht.

Als sie aber allmählich zu sich kam, wurde ihr klar, dass es Gott sei Dank nur ein fürchterlicher Traum gewesen war, der sie gequält hatte. Obschon sich alles in ihr sträubte, ihn sich erneut vor Augen zu holen, war es dennoch wie ein Zwang, nochmals darüber nachzudenken.

In ihrer Unentschlossenheit, aufzustehen, klopfte es zaghaft an der Tür. Vom Flur her hörte sie Hannelores Stimme. »Bist du wach, Kind?«

»Ja«, antwortete Julia verschlafen, und im gleichen Moment öffnete Hannelore einen spaltbreit die Tür, durch den sie ihren Kopf steckte.

»Aber warum kommst du denn nicht runter? Es ist schon halb elf, und wir haben längst gefrühstückt. Vater ist mit den Kindern in die Stadt gefahren, da könnten wir jetzt bei einer Tasse Kaffee in Ruhe das ein oder andere besprechen.«

Damit Hannelore nicht gleich bemerkte, wie schlecht sie sich fühlte, zog sie sich die Zudecke weit übers Kinn.

Hannelore lächelte verständnisvoll. »Es ist schon gut, Kind, komm wann du möchtest.« Vorsichtig schloss sie die Tür, als wäre Julia wieder eingeschlafen.

Aber Julia dachte gar nicht daran, wieder einzuschlafen. Nun drängte es sie geradezu, sich die Bilder des Traums wieder ins Gedächtnis rufen. Inzwischen war auch Frau Seibel mit dem Saugen fertig, und es herrschte Ruhe vor der Tür, sodass kein Geräusch sie störte.

Die Augen starr auf die Zimmerdecke gerichtet, als könne sie sich dadurch besser auf die Bilder aus dem Traum konzentrieren, wurde sie dennoch wieder in einen Halbschlaf entführt. Drüben angekommen, sah sie abermals zwischen schwächer werdenden Nebelschwaden hindurch besagtes Haus in der Ferne, von dem sie magisch angezogen wurde. Beinahe schwebend führte sie der Weg vorbei an etliche Episoden der Vergangenheit, als schreite sie an einer Bildergalerie aus Erlebtem entlang. Ihr kam es wie ein Lebenspfad vor, der sie zurück in die Kindheit führte. Die Spur geleitete sie geradewegs vor das Gartentor ihres Elternhauses, das nun halb verrottet und schief in den Angeln hing. Bedrückt stellte sie fest, dass alles um sie herum trostlos und verlassen wirkte. An den Apfelbäumen, von denen sie sich als kleines Mädchen die herrlichsten Äpfel pflückte, hingen nun hässliche, braune Fruchtmumien, als wäre mit ihnen die Süße einer schönen Zeit vertrocknet. Selbst das einst stattliche Haus war unübersehbar dem Verfall preisgegeben. Über der Tür zum Friseursalon baumelte das morsche Firmenschild nur noch an einem rostigen Nagel befestigt. Durch das lückenhafte Mauerwerk huschten Ratten ein und aus. Aber seltsam, aus dem geöffneten Küchenfenster wehte der verlockende Duft von gebratenem Roastbeef.

Das Tor quietschte verräterisch, als sie es vorsichtig öffnete. Obwohl sie sich fürchtete, wollte sie wissen, ob das Haus trotz allem bewohnt war. Ratlos, ob sie tatsächlich hineingehen sollte, stand sie vor der ausgetretenen Sandsteintreppe, über die sie früher im kindlichen Übermut tausendmal gesprungen und gehüpft war. Über deren Stufen sie den Eltern als Braut mit Freude, aber auch mit Abschiedstränen Ade sagte. Mutter hatte ihr noch lange nachgewunken, und Vater spuckte verlegen seine Tränen in den Kies.

Zögerlich drückte sie die Klinke der Eingangstür nach unten. Behäbig knarrend gab sie nach. Innen roch es nach kaltem, nassem Stein. Aber Mutters Hut hing wie gewohnt am Haken, und Vaters Stiefel standen geputzt auf den roten Fliesen. Selbst Großvaters Hirschtrophäe gab es noch.

Unverändert schaute der präparierte Schädel, der über der Garderobe hing, beinahe verächtlich auf sie herab.

Alles und Sämtliches war mit Spinnweben überzogen. Weil die Haustür offenstand, wehte es kräftig durch den Flur. Augenblicklich rüttelte der Luftzug irgendwo im Haus klappernd an den Fenstern und eine Tür schlug laut knallend zu. Daraufhin löste sich vom Treppengeländer ein Nachtvogel, der auf der Flucht ins Freie mit seinem Flügelschlag ihre Stirn streifte. Steif vor Furcht wartete sie darauf, was als Nächstes geschehen würde, als sie ein helles Kinderlachen vernahm, das sie bis ins Gebein frösteln ließ. Kurz darauf fuhr ein kleines, blasses Mädchen auf einem Dreirad an ihr vorüber, ohne sie zu beachten. Und hinter ihr her trabte ein winselnder Hund mit einer abgerissenen Kette um den Hals. Julia sah den beiden fassungslos nach. Das Mädchen auf dem Dreirad musste sie gewesen sein, glaubte sie erkannt zu haben. Und der Hund, ihr über alles geliebter Hasso, den der Nachbar mit einem Hammer erschlagen hatte. Sie musste damals mit eigenen Augen sehen, wie sich Hasso von der Kette losriss und im Hühnerstall des Nachbarn wilderte. Vom Gegacker aufmerksam geworden kam der zornig angerannt. Noch viele Jahre danach hatte sie das schreckliche Bild im Kopf, wie er mit einem riesigen Hammer in der Faust die Stalltüre aufriss. Als sie gleich darauf Hassos Jaulen hörte, war sie, so schnell sie konnte, auf ihrem Dreirad davongestrampelt.

Traurig schaute Julia dem Mädchen und dem Hund nach, die sich plötzlich in Luft auflösten.

Julia zuckte zusammen, als sie im gleichen Moment aus der Dunkelheit heraus von einer vertrauten Stimme angesprochen wurde. »Du kommst spät, mein Kind.« Blitzschnell fuhr sie zur Seite herum. »Mutter!«

Kein Zweifel, in der Küchentür stand Mutter. Die gestickte Schürze ordentlich gebunden. Das Haar säuberlich gekämmt und geknotet. Ihr Gesicht vom Kochdunst gerötet. Aus ihrer Miene sprach Güte, als sie fragte: »Wo warst du so lange, Kind? Vater wartet ungeduldig auf dich!« Ohne eine Antwort abzuwarten, drehte sie sich um und ging.

Zaudernd folgte Julia der Mutter in die Küche. Die Vertrautheit des Raumes erfüllte sie mit einer Woge von Geborgenheit, die sich aber schlagartig in Unbehagen wandelte. Ihr den Rücken zugekehrt saß jemand am gedeckten Tisch und aß. Der Gestalt nach zu urteilen war es ein Mann. Wer war das? War das wirklich der geliebte Vater? Wenn nicht, wer mochte es sein? Auch Mutter, die nun neben der Erscheinung stand, sah jetzt völlig anders aus. Im Kochschwaden konnte Julia nicht mehr ihr Gesicht erkennen. Ihr schien es, als hätte Mutter sich in einen gesichtslosen, schwarzen Schatten gewandelt, der ihr das Grausen einjagte. Als Julia fliehen wollte, drehte sich der Mann am Tisch langsam um. Sofort erkannte sie Kai, der sie anlächelte. Als lösten sich alle Fesseln von ihr, hastete sie auf ihn zu. Doch in demselben Augenblick erhob sich ein gewaltiger Sturm. Im Wirbel des Windes, der durch alle Räume tobte, verschwand alles Gesehene. Und als sie schon befürchtete, von diesem Spektakel mitgerissen zu werden, wurde es immer heller um sie herum, so hell, dass das Licht sie blendete.

»Jetzt wird es aber endgültig Zeit, Kind. Nun stehst du aber besser auf, bevor Vater mit den Kindern heimkommt.« Energisch zog Hannelore die Vorhänge beiseite. Sonnenlicht flutete ins Zimmer.

Nach der kalten Dusche fühlte sich Julia frisch genug, um Hannelore in der Küche beim Zubereiten des Mittagsessens zu helfen. Auch die etwas dick aufgetragene Schminke überdeckte zumindest äußerlich ihren wahren miserablen Zustand. Und um richtig munter zu werden, wartete auf dem Küchentisch heißer, starker Bohnenkaffee auf sie. Darüber war sie sehr froh.

Adolf und die Kinder waren immer noch nicht von ihrem Stadtausflug zurückgekehrt. Auch darüber war sie froh. Nur ungern wäre sie ihm und vor allem den Kindern so übermüdet begegnet, wie sie noch vor einer Stunde aussah. Was sie allerdings nicht überschminken konnte, war das, was sie innerlich fühlte. Völlig aus dem Leben gerissen fühlte sie sich. Seit dem Traum kam es ihr so vor, als habe Kai aus dem Jenseits heraus Macht über sie gewonnen. In ihrer seelischen Zerrissenheit sah und hörte sie ihn überall. Aus diesem Grund hatte sie eben im Bad wie im Rausch sein Rasierzeug und seine Toilettenartikel in den Abfalleimer geworfen. Weil sie, während sie sich das Gesicht eincremte, plötzlich meinte, sein Gesicht im Spiegel gesehen zu haben, als stünde er dicht hinter ihr.

Augenblicklich kam ihr in den Sinn, sofort all seine persönlichen Dinge verschwinden zulassen. Aber als sie in ihrem wirren Tun seine traurige Stimme im Ohr vernahm, die fragte: »Juju, warum tust du das?«, hatte sie reumütig alles wieder an Ort und Stelle geräumt.

Die darauffolgenden Tage gewannen ein wenig an Gewohnheit. Schließlich gab es genug, was nach Kais Tod erledigt werden musste. Wie dankbar war Julia, dass ihr Adolf und Hannelore bei all den dringend zu erledigenden Angelegenheiten, sei es privat oder geschäftlich, mit Tat und Rat zur Seite standen. Selbst die Kinder zeigten sich erstaunlich vernünftig, auch wenn Julia nicht verborgen blieb, wie sie sich täglich mehr veränderten. Beide schienen eine innere, sie schützende Welt gefunden zu haben, in die sie sich nach Lust und Laune zurückziehen konnten. Nach der Schule verließ Lars kaum noch sein Zimmer. An den Nachmittagen hockte er stundenlang am Computer. Jana hingegen verhielt sich beinahe so, als lebte ihr Vater noch. Immer wieder überraschte Julia sie, wenn ihre Tochter mit ihm redete, als wäre er anwesend, was nicht selten das Unverständnis von Adolf hervorrief. Aber welchen Einwand sollte Julia dem Kind gegenüber haben? Sie selbst konnte sich nicht davon freisprechen. Hoffte sie anfangs noch, ihre eigenen Fantastereien würden nachlassen, merkte sie bald, dass sie sich irrte. Hinzu kam, dass diese sich noch verstärkten, wenn sie trank. Dabei sollten mit dem Alkohol »die bösen Geister« vertrieben werden.

Deswegen hörte sie von Adolf immer öfter den vorwurfsvollen Satz: »Musst du jeden Abend Wein trinken?«

Auch am Totensonntag, bevor sie sich alleine auf den Weg zum Friedhof machte, trank sie sich heimlich Mut an. Warum alleine? Adolf und Hannelore hatten sich kurzfristig entschlossen, nach Mallorca zu fliegen, um dort etwas Dringendes zu erledigen, wie sie ihrer überraschten Tochter mitteilten. Julia konnte sich keinen Reim darauf machen. Tja, und Jana und Lars sträubten sich aus den verschiedensten Gründen, zum Grab ihres Vaters mitzugehen. Julia zeigte sich nachsichtig, denn sie selbst kostete es jedes Mal große Überwindung, den Ort aufzusuchen, der ihr beim Abschied von Kai so viele Schmerzen bereitet hatte. Sie scheute sich selbst dann, den Weg dorthin zu gehen, wenn ihr der Alkohol für kurze Zeit ein wenig Leichtigkeit schenkte.

Trotz der typisch tristen Herbststimmung entpuppte sich der Totensonntag als ein ungewöhnlich milder Tag für einen November. Wären die kahlen Äste der Bäume und der Nebel nicht gewesen, hätte man meinen können, es handele sich um eine Nachmittagsstunde im Spätsommer. Sicherlich würde auch aus diesem Grund viel Betrieb auf dem Friedhof sein, vermutete Julia. Darum ging sie erst los, als es schon leicht dämmerte. In ihrer schwarzen Kleidung und mit der Blässe im Gesicht sah sie wie eine Totenbraut aus. Nur die rote Rose in ihrer Hand stach wie ein Lebenssiegel von dem Trauergewand ab.

Die Straßenlaternen spendeten bereits mattes Licht, als sie das Haus verließ. Nicht nur wegen des konsumierten Alkohols hatte sie das Auto in der Garage stehen lassen. Sie hoffte, in der frischen Luft den Kopf frei zubekommen. Immer wieder blieb sie stehen, um tief durchzuatmen. Der Weg führte sie an den Orten ihrer Kindheit vorüber, davon erhoffte sie sich ein wenig Ablenkung von ihren trüben Gedanken. Ganz in der Nähe stand ihr ehemaliges Elternhaus. Jede Ecke, jeder Winkel war ihr vertraut. Doch es kam anders.

Das, was sie sah, befremdete sie. Ihr Herz begann heftig zu schlagen, weil sie mit einem Male meinte, die Gegend hätte sich im Wechselspiel der Nebelschwaden verändert und sie sähe nun zwischen der vermeintlichen Realität die Bilder ihres gehabten Albtraums. Von diesem Eindruck getrieben, beschleunigte sie ihre Schritte, ohne nach rechts und links zu sehen.

Verschwitzt und verwirrt erreichte sie den Friedhof. Seltsam, weit und breit war kein Mensch auszumachen.

Sie zuckte zusammen, als aus der Stille heraus auf dem Parkplatz neben ihr, ein Auto gestartet wurde. Gleich darauf brauste es eingehüllt in einer Abgaswolke mit hochdrehendem Motor los.

Der leere Parkplatz und die Gewissheit, mutterseelenallein zu sein, beunruhigte sie. Um sich selbst Kraft und Mut zu geben, straffte sie energisch ihre Glieder, bevor sie die Klinke des Eingangstors zum Friedhof herunterdrückte. Quietschend öffnete es sich. Auch darüber erschrak sie, weil das Geräusch sie ebenfalls an ihren Traum erinnerte. Ängstlich geworden überlegte sie, ob sie nicht umkehren sollte. Aber dann war ihr, als hörte sie eine Stimme in ihrem Kopf, die sagte: »Hab keine Angst, geh nur, er wartet auf dich.« Also ging sie.

Nein, hier auf dem Friedhof standen keine Apfelbäume, in deren Fruchtmumien sich die Süße ihrer Kindheit versteckte. Hier wuchsen zwischen abgestorbenen Gewächsen Grabsteine aus der dunklen, nassen Erde. Sie bereute zutiefst, die Kinder nicht gedrängt zu haben, mitzugehen, mit ihnen hätte sie sich bestimmt sicherer gefühlt.

Je näher sie der Grabstätte kam, desto verhaltener wurden ihre Schritte. Schon sah sie durch den grauen Schleier hindurch den frisch aufgeworfenen Erdhügel mit dem schlichten Holzkreuz. Von hier aus sieht das Grab wie ein Maulwurfshügel aus, wären da nicht die unzähligen Blumen und Kränze, die ihn bedeckten, dachte sie sich.

Sie hatte es noch nicht ganz erreicht, da blieb sie abrupt stehen. Was ist das da hinten? Wurden ihre Augen wieder getäuscht? Standen da nicht zwei unterschiedlich große Gestalten an Kais Grab? Oder waren es nur irgendwelche Schatten?

»Au!«, entfuhr es ihr. In ihrer Angst hatte sie ihre Hand so fest um den Rosenstängel geschlossen, dass ein Dorn sie tief in den Handballen stach. Regungslos beobachtete sie, wie ein dicker Blutstropfen aus ihrem Fleisch quoll. Umständlich suchte sie in der Manteltasche nach einem Tüchlein, das sie auf die Wunde presste. Als sie wieder hochsah, bemerkte sie mit Verwunderung, dass der kleinere Schatten nun direkt auf sie zukam, als würde er schweben. Es gab kein Ausweichen mehr für sie.

Was blieb ihr also anderes übrig, als sich dem Schicksal zu ergeben, was auch immer kommen würde. Auch wenn sie befürchtete, das Herz würde ihr auf der Stelle stehen bleiben, hielt sie unwillkürlich den Atem an.

Dann war es so weit! Als träte die vermeintliche Schattengestalt aus einem grauen Vorhang heraus, entpuppte sie sich rasch als ein alter Mann, der in einem langen Cape-artigen Mantel vor ihr stand. Doch sein hageres, blasses, von Falten zerfurchtes Gesicht wirkte nicht besonders vertrauenerweckend auf sie. Unfähig, einen klaren Gedanken zu fassen, hoffte sie, dass er unverzüglich weitergehen würde.

Sie hatte sich getäuscht, mit starrem Blick und eisiger Miene rührte er sich nicht von der Stelle. So nah stand er vor ihr, dass sie sogar seinen Atem spüren konnte, der in der diesigen Luft wie Rauch aus seinem schweratmenden Mund flog, als verbrenne in diesem ausgemergelten Menschlein der klägliche Rest seiner Lebensflamme.

Kaum wurde seine Atmung ruhiger, sprach er, entgegen seinem Aussehen, mit einer warmen, wohlklingenden Stimme: »Hab keine Angst, geh nur, er wartet auf dich.«

Die Entscheidung

Pünktlich zum Weihnachtsfest kehrten Adolf und Hannelore aus Mallorca zurück. Schon bei der Begrüßung auf dem Flughafen, kam es Julia so vor, als führten sie etwas im Schilde, aber sie fragte nicht weiter nach. Sie kannte ihre Eltern nur zu gut, und sollte ihre Vermutung tatsächlich stimmen, wäre ihre Frage sowieso sinnlos gewesen, weil sie in solchen Fällen schon als Kind gegen eine Wand geredet hatte. Aber so sehr sie sich in den folgenden Tagen auch wünschte, es käme zu einer klärenden Aussprache, sie lag damit falsch. Anscheinend hatten Hannelore und Adolf schon wenige Stunden nach ihrer Rückkehr ihr Geheimnis verworfen. Denn sie fügten sich wieder rasch in die bedrückte Stimmung im Hause ein. Vielleicht hätte ein festlich geschmückter Weihnachtbaum Hannelores Laune ein wenig angehoben, aber der wurde auf den ausdrücklichen Wunsch der Kinder diesmal nicht aufgestellt, was bei ihr ein verständnisloses Kopfschütteln hervorrief. »Das sind keine richtigen Weihnachten«, stöhnte sie bei jeder sich bietenden Gelegenheit.

Lars verbrachte die Festtage ohnehin beleidigt in seinem Zimmer, weil er sauer war, am Heiligen Abend nicht das Videospiel bekommen zu haben, das er sich so sehr gewünscht hatte. Adolf wäre bald, es hätte nicht viel gefehlt, vor lauter Aufgebrachtheit aus der Haut gefahren, hätten die beiden Frauen es nicht mit viel Überredungskünsten und mit Kais Lieblingswhisky geschafft, ihn zu beruhigen. Auch Jana zog sich außerhalb der Mahlzeiten in ihr Reich zurück, um sich dort Videos anzuschauen, auf denen ihr Dad zu sehen war. Eigentlich wollte Julia es ihr verwehren, weil sie befürchtete, dass die Bilder aus glücklichen Tagen ihrer Kinderseele zu viel Traurigkeit aufladen könnte. Aber als hin und wieder herzliches Lachen aus Janas Zimmer schallte, war sie dann froh darüber, es zugelassen zu haben. Sie selbst betäubte ihre depressive Stimmung wie so oft in letzter Zeit mit reichlich Alkohol, damit endlich die Ängste verschwanden, die sie seit Kais Tod verfolgten. Hannelore und Adolf blieb es nicht verborgen, dass Julia nicht nur in ihrem Beisein trank. Sie warfen sich deswegen verzweifelte Blicke zu, wenn Julia morgens mit aufgedunsenem, rotfleckigem Gesicht, ungekämmt und nachlässig gekleidet zum verspäteten Frühstück erschien. Dann kommentierte Adolf gereizt den Aufzug seiner Tochter mit den Worten: »Musst du immer diese Schlabberhosen anziehen?«

Das Trauerspiel, wie er es nannte, ging so lange, bis es Hannelore eines Abends reichte. Sie und Adolf lagen bereits im Bett, als sie aufgebracht zu ihm sagte: »Wie lange willst du eigentlich noch abwarten? Sprich endlich mit ihr! So geht das wirklich nicht weiter. Was soll denn aus den Kindern werden? Ihnen fehlt nicht nur der Vater, sie brauchen gerade jetzt eine Mutter, die ihnen Ordnung und Halt im Leben gibt und gleichzeitig Vorbild ist.«

Als Adolf beschwichtigend meinte: »Ach Hanni, du und ich wir wissen doch, dass sie es jetzt nicht einfach hat. Lassen wir ihr noch ein wenig Zeit, sie wird sich schon wieder fangen«, sah es ganz so aus, als scheue er sich vor dem längst geplanten Gespräch mit seiner Tochter.

Angriffslustig richtete sich Hannelore auf. »Nein, wir werden nicht mehr länger warten! Übermorgen ist Silvester, der richtige Zeitpunkt, ihr den Vorschlag zu machen, damit sie mit einem klaren Ziel vor Augen in das neue Jahr startet. Oder anders gesagt, in ein neues Leben. Also, was ist Addi, wenn du sie nicht fragst, übernehme ich es!«

Alle waren nervös an diesem letzten Tag im Jahr. Die Kinder waren es, weil sie dem Feuerwerk entgegenfieberten. Hannelore und Adolf, weil sie unschlüssig waren, wie Julia auf ihren Vorschlag reagieren würde. Und Julia war nervös, weil die anderen nervös waren, was so ganz nebenbei dazu führte, dass sie sich beim Zwiebeln schneiden in den Finger schnitt, anstatt Salz Zucker in den Kartoffelsalat streute und ganz vergaß, rechtzeitig den Seelachs aus dem Gefrierfach zu nehmen, der dazu gereicht werden sollte. Aber das Glas Wienerle in der Vorratskammer hatte das Missgeschick wieder wettgemacht.

»Ich habe den Fisch nicht vermisst«, sagte Adolf gesättigt, während er sich genüsslich den Bauch rieb. Sichtlich zufrieden spülte er den letzten Bissen mit einem großen Schluck Bier hinunter. Den Blick auf die Uhr gerichtet, die genau achtzehn Uhr dreißig anzeigte, wandte er sich an Hannelore. »Nun, ich glaube, es ist dann so weit.«

»Was ist so weit?«, fragte ihn Julia, die sich gerade daran machen wollte, den Tisch abzuräumen. Adolf kam nicht zum Antworten, weil die Kinder aufgeregt von ihren Stühlen aufsprangen: »Wir sind dann weg!«

»Halt, halt«, rief Adolf ihnen nach, »was ich zu sagen habe, geht auch euch etwas an!«

Von Adolfs Ankündigung überrumpelt fiel Julia scheppernd das Besteck auf die aufgestapelten Teller. »Was geht auch die Kinder etwas an?«, fragte sie erstaunt.

»Och Mama, wir müssen los«, meldete sich Jana vor Aufgeregtheit zappelnd, während Lars mit missmutigem Gesicht bereits in der geöffneten Tür stand.

»Also, Vater, was ist? Ich habe den beiden versprochen, dass sie zu ihren Freunden gehen dürfen. Sie wollen sich dieses Jahr mit denen das Feuerwerk ansehen.«

Jetzt mischte sich Hannelore empört ein. »Was? Auch Jana? Sie ist zu jung, um nachts alleine in der Weltgeschichte herumzustromern. Mein Gott, Julia, auf was lässt du dich da ein?«

Trotzig sagte Julia: »Jana schläft die Nacht bei ihrer Freundin, die wohnt nur wenige Häuser von uns entfernt. Ich habe alles mit Judiths Mutter besprochen. Und Lars vertraue ich, dass er spätestens um eins wieder zu Hause ist.« Sie drehte sich zur Tür, um von ihrem Sohn Zustimmung zu bekommen, aber der zog sich im Flur bereits seine Jacke und Schuhe an.

»Spätestens um eins, hörst du, Lars!«, rief sie ihm hinterher. Und an Jana gerichtet: »Geh nur, aber pass schön auf und halte dich nicht so nah bei den Feuerwerkskörpern auf.«

»Ja, Mama«, versprach sie. Freudig rannte sie zu ihrer Mutter, um ihr einen Abschiedskuss auf die Wange zu geben. Auch Hannelore und Adolf wurden mit einem dicken Kuss bedacht, dann verließ sie hüpfend das Zimmer.

»Vergiss nicht, deine Tasche mitzunehmen!«, mahnte Julia.

Von Hannelore und Adolf scharf beobachtet ließ sie sich aufstöhnend in den Sessel fallen. »Bevor ich abräume, muss ich erst einmal verschnaufen.« Sie nahm das Glas von ihrem Platz, in dem sich noch ein Rest vom Bier befand. Bevor sie davon trank, versuchte sie ihre Eltern zu besänftigen. »Meint ihr nicht auch, dass es den Kindern guttun wird, wenn sie bei ihren Freunden auf andere Gedanken kommen? Hier im Haus ist Kai doch immer präsent, und das verbinden sie mit Trauer.«

Hannelores Mundwinkel zuckten, wie sie es immer taten, wenn sie sich über etwas ärgerte. Julia wusste nur allzu gut, wie sehr sie sich auf den gemeinsamen Abend gefreut hatte. Für den Jahreswechsel hatte Adolf ihr das frisch blondierte Haar besonders hübsch toupiert und gekämmt. In ihrer schicken Glitzerbluse und mit reichlich Schminke gestylt, sah sie trotz ihrer vierundsechzig Jahre wie eine jener Damen aus, die einst in ihrem Salon von den Titelblättern der dort ausliegenden Modejournale lächelten. Hilfesuchend schaute sie Adolf an. Als der nichts sagte, meinte sie mit spitzem Mund:

»Also, so etwas hätte es bei uns früher nicht gegeben. Das durftest du in diesem Alter noch nicht. Herrje, nun sag doch auch mal was, Adolf!«

Man konnte ihm ansehen, wie er nach Worten suchte.

Unterdessen machte Julia Anstalten, wieder aufzustehen.

Adolf räusperte sich. »Bitte setz dich wieder, Kind«, bat er in ungewohnter Milde. Hannelore lächelte ihm erleichtert zu.

Woraufhin Julia sich mit der flachen Hand vor die Stirn schlug. »Ach ja, du wolltest mir ja etwas sagen.«

Adolf rutschte nervös auf seinem Stuhl hin und her. »Nun, eigentlich war das, was ich zu sagen habe, für alle Ohren bestimmt, aber vielleicht ist es doch ganz gut, wenn die Kinder nicht dabei sind.«

Verdutzt schaute Julia abwechselnd ihren Vater, dann ihre Mutter an. Unbehagen klang aus ihrer Stimme, als sie feststellte: »Du machst es aber spannend, haben wir etwas verbrochen? Ich meine, hast du uns oder nur mir etwas vorzuwerfen?«

Die letzten Worte unterstrich sie mit einem verlegen wirkenden Lächeln. Hannelore verdrehte die Augen. »Du meine Güte, nun sag es doch endlich Addi, muss man dir denn alles aus der Nase ziehen?«

»Also gut. Mutter und ich sind übereinstimmend zu dem Entschluss gekommen, dir vorzuschlagen, nein … ich muss mich berichtigen, dich herzlich zu bitten, zu uns auf die Insel zu kommen.« So als habe er plötzlich einen Stock im Rücken, wartete er mit zusammengezogenen Brauen auf Antwort. Auch Hannelore nahm eine angespannte Haltung ein.

Ratlosigkeit sprach aus Julias Geste, als sie die Schultern hochzog. »Auf die Insel?«

Eine Pause entstand, in der einzig von draußen das verfrühte Knallen und Zischen von Feuerwerkskörpern zu hören war. Anstatt weiter zu fragen, wischte sie mit den Händen über ihre Oberschenkel, als wäre die Hose voller Krümel. »Du meinst für immer?«

»Ja«, antwortete Adolf kurz und knapp.

Julia verzog abschätzig ihren Mund. »Wie stellst du dir das vor, Vater? Und warum sollten wir das tun? Dieses Haus ist nicht nur unser Zuhause, es war das Zuhause von Kai, von seinem Vater und von dessen Großvater. Hier habe ich mit Kai glückliche Stunden verlebt. Die Kinder sind hier aufgewachsen. Sie gehen in dieser Stadt zur Schule. Hier haben sie ihre Freunde und ihre Vereine. Überhaupt, was soll aus dem Haus und aus der Firma werden? Ich verstehe den Sinn deiner Bitte nicht.« Energisch schüttelte sie verneinend den Kopf.

Adolf bekam keine Gelegenheit, etwas darauf zu erwidern.

Hannelore sah es als den passenden Zeitpunkt an, sich einzumischen. »Weil wir uns Sorgen machen, Kind! Glaubst du, wir sehen es nicht, wie du dich nach Kais Tod verändert hast? Meinst du, wir merken nicht, wie du dich täglich mit Alkohol tröstest?«

»Mutter!« Julia sprang vom Stuhl hoch. Schneeweiß wurde ihr Gesicht, und ihre Mimik bekam etwas Maskenhaftes. »Willst du mir damit unterstellen, dass ich eine Alkoholikerin bin?« Den Tränen nah, begann sie vor Empörung zu zittern.

Jetzt stand auch Hannelore hastig auf und nahm Julia in die Arme, als müsse sie sich an ihr festhalten, während Adolf sich mit der Serviette die Stirn abtupfte. Immer wieder laut aufschluchzend ließ sich Julia schließlich zur Couch führen. Bereitwillig nahm die es hin, dass Hannelore ihr ein dickes Kissen unter den Kopf legte. Es war mehr als die Scham, von der geliebten Mutter als Alkoholikerin angesehen zu werden, sicherlich war es hauptsächlich die Entlarvung ihres Seelenzustandes, was zu diesem Zusammenbruch führte. Der Damm, hinter dem sie über all die Zeit mühsam ihre Gefühle und ihre Unsicherheit versteckt hatte, war durch wenige Worte eingestürzt.

Adolf hielt es auch nicht mehr auf seinem Stuhl. Er stand auf, ging zum Fenster und öffnete es. Er brauchte frische Luft und den Blick in die Ferne. Was für eine Nacht! Hier und da stiegen Raketen in die leicht bewölkte Dunkelheit, die nach lautem Knallen bunte Kugeln und Glitzer am Himmelszelt verteilten. Er atmete tief die kühle, aber frostfreie Luft ein. Seinen Gedanken nachgehend vernahm er, ohne jedes Wort bewusst wahrzunehmen, wie Hannelore liebevoll auf Julia einredete. Und als er sich umdrehte, saß ihre Mutter bereits wieder am Tisch. Aber wo war Julia abgeblieben?

Diese Frage war bald beantwortet. Kurz darauf kam Julia mit einer Zigarre zurück, die sie Adolf mit einem versöhnlichen Lächeln in die Hand gab. »Komm Vater, setz dich auch wieder und rauch dir eine gute Zigarre, sie lag noch in Kais Schreibtischschublade.«

»Eigentlich bin ich gar nicht damit einverstanden«, mokierte sich Hannelore. »Du weißt doch, dass Vater wegen seines Asthmas den Rauch nicht verträgt.«

»Lass gut sein, Hanni, die eine wird mir schon nicht schaden.« Dankend zwinkerte er Julia zu. Sie hatte sich wieder einigermaßen beruhigt. Vereint saßen sie am Tisch, und Adolf paffte seine Zigarre. Beide Frauen schauten geistesabwesend zu, wie er genussvoll weiße Rauchwölkchen zur Decke stieß. In die entspannte Stimmung hinein sagte er: »Ich mache dir einen Vorschlag, komm erst einmal mit den Kindern in den Osterferien zu uns. Du wirst sie nicht lange überreden müssen. Und dir wird der Tapetenwechsel auch etwas auf die Beine helfen. Im April haben wir oft angenehme Temperaturen auf der Insel, die zu langen Spaziergängen am Meer oder in die Berge einladen, dabei wirst du auf andere Gedanken kommen. Und vielleicht überlegst du dir doch über kurz oder lang …«

Julia ließ ihn nicht ausreden. »Da ist doch gar kein Denken daran. Warum, habe ich dir schon ausführlich geschildert. Die Kinder müssen zur Schule gehen, und wovon sollen wir leben? Ganz abgesehen davon, was soll mit dem Haus und der Firma geschehen? Nein, Vater, es ist ja lieb gemeint von dir, dass du mir aus diesem tiefen Loch helfen willst, in das mich das Unglück gestoßen hat, aber ich werde schon irgendwie alleine herauskrabbeln.«

Als der Gong der Kaminuhr wie ein Schlusspunkt Julias Worte beendete, rief Hannelore: »Du liebe Güte, es ist ja schon halb zwölf. Da werde ich rasch den Tisch abräumen und die Gläser und den Sekt vorbereiten. Redet ihr nur ohne mich weiter.« Im Hinausgehen warf sie Adolf einen eindeutigen Blick zu. Er kannte ihren verschmitzten Gesichtsausdruck, der hinlänglich mehr sagte, als lange Reden es vermochten. Ihr immer noch nachschauend, begann Adolf auszusprechen, was er sich schon lange zurechtgelegt hatte.

»Liebes Kind, meinst du, dass ich dir einen Vorschlag mache, ohne mir vorher alles genau überlegt zu haben?« Er zeigte mit dem Finger auf sie. »Bitte, reg dich nicht auf, und unterbrich mich jetzt nicht. Ich sage dir nur, wie es sein könnte, wie ich es mir vorstelle. Also, als wir im November mit dem Gedanken nach Mallorca geflogen sind, dir diesen Vorschlag zu machen, habe ich mich vorab hier und da erkundigt und konnte einiges in Erfahrung bringen. Die Kinder haben dort die Möglichkeit, auf eine deutsche Schule zu gehen. Und wovon ihr Leben sollt, fragst du? Zum einen wirft die Firma genügend Apanage ab, und zum anderen hat dir Kai eine Lebensversicherung mit einem recht ordentlichen Sümmchen hinterlassen, wie ich der Police entnommen habe. Zudem erwarte ich nicht von dir, dass du auf Mallorca Däumchen drehst.« Er versuchte, seine Tochter mit einem gequälten Lachen aufzuheitern. »Ich habe diesbezüglich auch mit Señor Martinez, meinem Versicherungsfritzen, gesprochen, der könnte in seiner Agentur eine Frau wie dich gut gebrauchen, wie er mir ausdrücklich bestätigte. Und was das Haus betrifft, es kann ohne Weiteres in deinem Besitz bleiben. So wie ich Frau Seibel kennengelernt habe, könnte ich mir vorstellen, dass es ihr gefallen würde, auf unbestimmte Dauer Haushüterin zu sein. Sie wohnt ohnehin hier, für sie würde sich nicht allzu viel ändern, außer dass sie sich als Villenbesitzerin fühlen kann. Das ist doch auch schon was. Stimmts?« Wieder lachte er. »Ähnlich würde ich es mit der Firma machen. Setze einen vertrauenswürdigen Geschäftsführer ein. Du bist nicht aus der Welt, Computer erleichtern heute ohne großen Aufwand die Kommunikation, und ab und zu siehst du selbst nach dem Rechten.« Plötzlich fuchtelte er mit der Hand in der Luft herum. »Aber du brauchst ja nichts zu überstürzen.« Dennoch lag sein Blick fordernd auf ihr, als meine er genau das Gegenteil.

Als Julia nicht reagierte, begann er von Neuem, ihr ins Gewissen zu reden.

»Zum Abschluss sage ich es dir noch einmal ausdrücklich: Ich bin fest davon überzeugt, dir wird eine völlige Veränderung in jeder Hinsicht guttun. Vermutlich glaubst du gerade, ohne Kai hätte alles keinen Sinn mehr. Ohne Kai gäbe es auch für dich keine Zukunft mehr. Aber Kind, vertrau mir, so ist es nicht. Die Zukunft ist endlos. Wenn es von allem so viel gäbe wie von der Zukunft, die Welt würde ihre Dunkelheit verlieren. Nimm dir die Zukunft, hörst du! Sie gehört dir! Du musst leben, vor allem auch für Jana und Lars. Lars braucht gerade jetzt in der Pubertät Halt, den nur du ihm in Liebe und Zuversicht geben kannst. Und auch wir, deine Mutter und ich, werden unseren Teil dazu beitragen, dass er als anständiger Kerl mit beiden Füßen auf den Boden kommt. Darauf kannst du dich verlassen!«

Stille! Adolf zog an der Zigarre, dass die Glut tüchtig am Tabak fraß. Und als er den Rauch ausblies, sackte er müde im Stuhl zurück, sodass es aussah, als schrumpfe sein Körper. Leben fuhr erst wieder in ihn, als Hannelore Augenblicke später laut in die Hände klatschend den Raum betrat. »Auf, auf!«, drängte sie, »es ist gleich zwölf. Ich habe den Sekt und Gläser auf der Terrasse angerichtet. Zieht euch die Jacken an, es ist doch ein wenig frisch geworden.«

Kurz darauf standen die drei erwartungsvoll auf der Terrasse.

Adolf ließ den Sekundenzeiger seiner Armbanduhr nicht mehr aus den Augen. »Noch eine halbe Minute.«

Und genau in diesem Moment sagte Julia: »Ostern werden wir euch besuchen.«

Während ringsherum das Getöse losging, lagen sich die drei freudig in den Armen. Es knallte, dröhnte, knatterte, zischte, leuchtete und glühte, dass einem neben der Pracht des Feuerwerks auch angst und bange werden konnte.

»Prosit Neujahr!«

Die Begegnung

Wie angekündigt hatte Julia mit den Kindern deren Osterferien auf Mallorca verbracht. Adolf behielt recht, nicht nur für sie waren es wundervolle Tage, in denen sie oft Zeit für sich selber fand. Es waren auch Tage der Besinnung, die ihr die langen Spaziergänge am Meer schenkten.

Bei einem dieser Ausflüge hatte sie einen abgeschiedenen Strandabschnitt ausfindig gemacht. Dort saß sie an manchen Abenden auf einem Stein, um der untergehenden Sonne nachzuschauen, die, so hatte es den Anschein, wie ihre Sorgen, im Meer versank. Vom Rauschen des Meeres eingehüllt, spürte sie sich dann wieder selbst und ohne das quälende Gefühl, von Gott und die Welt verlassen zu sein. Dennoch schämte sie sich in diesen Momenten dafür, nicht an Kai gedacht zu haben, weil ihr stattdessen der gut aussehende Mann in den Sinn kam, der in der kleinen Piano-Bar so wunderbar Klavier gespielt hatte. Es war mehr oder weniger Zufall gewesen, ihm dort begegnet zu sein. An einem der Abende am Meer kurz nach ihrer Ankunft führte sie der Heimweg an jener Bar vorbei, die ihr zuvor nicht aufgefallen war. Sie wäre sicherlich auch diesmal vorbeigegangen, wenn sie durch die geöffnete Tür nicht sein bezauberndes Spiel gehört hätte. Sie war so angetan davon, dass sie spontan beschloss, auf einen Drink einzukehren.

Zu dieser Stunde hielten sich nur wenige Gäste im Lokal auf. Sofort richtete sie ihren Blick in die Ecke, wo das Klavier stand, an dem er saß. Unfähig, nur einen Schritt weiterzugehen, starrte sie wie gebannt auf den Mann, der ihr den Rücken zuwandte und dessen Hände beinahe zärtlich die Tasten des Klaviers berührten. Obwohl er saß, war seine stattliche Körpergröße unübersehbar. Ebenso beeindruckte sie das schulterlange, schwarz gelockte Haar, das ihm auf das ein wenig zu eng geschnittene weiße Hemd fiel. Sie hielt sich für verrückt, weil sie im ersten Augenblick meinte, Kai sitze dort. Vor Schreck zog sich ihr Magen krampfartig zusammen. Schon wollte sie überstürzt hinauslaufen, aber dann siegte die Neugier, sich den Fremden genauer anzusehen. Ihr Herz raste, als sie sich in seine Nähe setzte.

Rasch nahm sie den Riemen der Tasche von der Schulter und kramte den Schminkspiegel hervor. Mit dem, was sie sah, war sie sichtlich zufrieden, auch wenn ihr inzwischen länger gewachsenes Haar wegen des Windes am Meer nicht mehr ordentlich gekämmt war. Ebenso gefiel ihr die leichte Wangenröte, die sie jünger erscheinen ließ, wie sie meinte. Nein, nicht erscheinen ließ, in seiner Nähe fühlte sie sich mit einem Male jünger. Sie steckte den Spiegel zurück und griff nach der ausgelegten Karte, um sich ein Getränk auszusuchen.

Noch bevor die Bedienung an ihren Tisch kam, endete das Musikstück. Ohne lange darüber nachzudenken, klatschte sie Beifall, was ihr schlagartig unangebracht vorkam.

Der Klavierspieler drehte sich auf seinem Drehhocker langsam zu ihr um. Auf Spanisch fragte er: »Sie mögen Mendelssohn-Bartholdy?«

Aufgrund ihrer häufigen Besuche bei ihren Eltern war sie in der Lage, die Sprache einigermaßen zu verstehen und auch zu sprechen, aber dennoch war sie in diesem Moment nicht fähig, sofort zu antworten, so sehr überraschte sie auch jetzt sein Aussehen. Sie hielt den Atem an. Die Ähnlichkeit dieses Mannes mit Kai verunsicherte sie zutiefst. Unter seinem Blick, dem sie sich auf sonderbare Weise nicht entziehen konnte, sagte sie dann leise: »Ihr Spiel mochte ich. Es hat mir sehr gefallen.«

Der Mann bemerkte ihre Unsicherheit beim Reden. »Sind Sie Deutsche?«, fragte er direkt. Julia nickte nur. Und dann meinte er freundlich in gut verständlichem Deutsch: »Eigentlich ist es nicht das, was ich sonst hier spiele, aber solange hier nichts los ist, mache ich mir selbst die Freude.« Gewinnend lächelnd stand er auf, und ohne zu fragen setzte er sich zu ihr an den Tisch. Noch ehe er etwas sagen konnte, erschien die Bedienung. Der Klavierspieler winkte ab, als Julia ihre Bestellung aufgeben wollte. Er kam ihr zuvor, indem er zwei Palo bestellte. Verblüfft sah sie dem Kellner nach, der mit einem »Gracias« zurück zur Bar ging.

»Es ist Ihnen doch recht, wenn ich Sie als ein kleines Dankeschön für Ihren reizenden Applaus auf ein Glas einlade?«

Julia versuchte, wieder Fassung zu gewinnen. »Bekommen Sie sonst keinen Beifall?«, fragte sie betont anzüglich. »Falls doch, kommt es Sie aber teuer zu stehen, wenn Sie anschließend jedem ein Getränk ausgeben.« Doch auf ihre schnippische Bemerkung reagierte er mit einem herzhaften Lachen, das seiner Mimik den Ausdruck verlieh, als ginge die Sonne Spaniens auf. Sie konnte nicht davon ablassen, in sein gebräuntes Gesicht mit den flammenden Augen und den blendend weißen Zähnen zu schauen.

»Ich täte es, wenn es solch aparte Frauen wären wie Sie«, konterte er. »Aber entschuldigen Sie, ich habe mich noch gar nicht vorgestellt. Mein Name ist Álvaro. Álvaro Pérez.«

Spontan schoss ihr durch den Kopf: Was will der Kerl von mir, sieht er nicht, dass ich einige Jahre älter bin als er?

»Ich warte!«, hörte sie ihn sagen.

Sie zuckte zusammen. »Auf was warten Sie?«

»Ich warte darauf, dass Sie mir Ihren Namen nennen.«

Über sich selbst verblüfft sagte sie: »Julia.«

»Maravilloso", freute er sich ehrlich. »Julia, die Fröhliche, die Göttliche, wie es heißt. Ihre Eltern müssen Hellseher gewesen sein, als sie Ihnen diesen Namen gaben." Er stutzte. »Aber leider sehe ich die Fröhliche nicht.«

Julia wurde es allmählich zu viel. Außerdem spürte sie, wie ihr das Blut verräterisch in die Wangen stieg. Sie bereute, für ihn geklatscht zu haben. Was bildet sich dieser Gigolo ein? Er glaubt wohl, er kann mich mit seinem Geschwätz beeindrucken. Das kann er mit den jungen Dingern machen, die ihn anhimmeln und sicherlich auch darauf hereinfallen, aber … Am liebsten wäre sie ohne ein weiteres Wort aufgestanden und gegangen, doch der Kellner brachte mit einem freundlichen »Aquí tiene« die Getränke.

Álvaro hielt ihr eine Spur zu aufreizend das Glas entgegen. »Saludos para siempre!"

Julia kämpfte mit sich, ob sie seinen Trinkspruch annehmen sollte. Doch dann dachte sie: Warum nicht. Gleich werde ich aufstehen und gehen. Und dann werde ich ihn nie wiedersehen. Sie nahm ihr Glas, und mit abgekehrtem Blick trank sie einen Schluck. Sie musste sich eingestehen, dass es ihr gut schmeckte, auch wenn das Getränk sehr süß im Nachgeschmack war. »Was trinke ich da überhaupt?«, fragte sie.

Álvaro zog die Brauen hoch. »Anscheinend sind Sie zum ersten Mal auf der Insel, wenn Sie Palo nicht kennen. Er wird aus Zucker, Orangen, Zitronenschalen und ein wenig Chinin gebrannt. Wir trinken ihn hier meist vor dem Essen. Sie werden doch mit mir eine Kleinigkeit essen?«

»Nein, das werde ich natürlich nicht!« Sie ärgerte sich darüber, dass ihr der Palo sofort in den Kopf stieg. Um von seiner Seite her keinen Einwand zuzulassen, fragte sie rasch: »Wieso sprechen Sie so gut deutsch? Sie sind wohl auch kein Mallorquiner?«

Wieder lachte Álvaro laut auf. »Ich bin Mallorca! Meine Vorfahren sind quasi zusammen mit dem Land aus dem Meer aufgestiegen. Und wie mein Vater, so waren auch meine Ahnen seit Generationen Fischer auf der Insel. Sein Haus liegt übrigens nicht weit von hier.«

»Und, sind Sie auch ein Fischer geworden?«, hakte Julia nach.

Von jetzt auf gleich verlor sein Gesicht das Jungenhafte, und seine Stimme wurde leiser. »Tja, wie soll ich Ihnen das beantworten? Ich bin Fischer und doch nicht. Damals, als es darum ging, einen Beruf zu erlernen, wollte ich um nichts auf der Welt Fischer werden. Also wurde ich, wie sagt man … auf krummem Weg jemand, der mit dem Klavierspiel sein Geld verdiente.«

Julia bemerkte, wie sich sein Gesicht wieder aufhellte. »Ich finde es ungewöhnlich, statt Fischer Klavierspieler zu werden«, gab sie zu bedenken. Während er abwesend wirkend vor sich hinsah, grübelte sie darüber nach, warum sie sich überhaupt auf diese vertrauliche Weise mit ihm unterhielt.

Da vernahm sie, wie er sagte: »Eigentlich waren es meine Mutter und der Zufall gewesen, dass ich heute hier am Klavier sitze, um den Menschen ein klein wenig Freude zu bereiten.« Álvaro schien bemerkt zu haben, dass sie ihn skeptisch anschaute, weshalb er fortfuhr: »Haben wir nicht alle einen Lebensbegleiter, den wir Zufall nennen? Ich bin dem Zufall das erste Mal als Kind begegnet, als ich ganz hier in der Nähe an einem Haus vorbeikam, aus dessen geöffnetem Fenster ich hörte, wie jemand wundervoll Klavier spielte. Ich lauschte noch, als die Musik längst geendet hatte. Der weißhaarige Mann, dem ich fasziniert zugehört habe, hatte mich schon eine Weile beobachtet, wie ich unter seinem Fenster stand. Bevor er es schloss, bat er mich zu sich ins Haus. Ich tat es. Ich ging hinein, ohne zu wissen, was er von mir wollte. Drinnen gab er mir ein kleines Konzert, und von diesem Augenblick an wollte ich auch Pianist werden, obwohl ich genau wusste, dass mein Vater dagegen sein würde.«

Álvaro sah Julia eindringlich an. »Und wäre meine Mutter nicht gewesen, die mich schon früh an die klassische Musik heranführte, säße ich heute nicht hier.«

Seine Rede stockte abermals. Schon glaubte Julia, er wolle nicht mehr darüber reden, da erzählte er mit bedrückter Stimme weiter. »Erst nach ihrem Tod, ich muss etwa zwölf Jahre alt gewesen sein, hat Vater mich völlig überraschend an die Hand genommen und ist mit mir zu jenem Alten gegangen, um ihn zu fragen, ob er mir das Klavierspielen beibringen würde. Er tat es, ohne etwas dafür haben zu wollen. Vielleicht machte es ihm Freude, weil er sah, dass ich talentiert war. Dieser Mann wurde über die Jahre hinweg sogar mein väterlicher Freund. Er war es dann auch, der mir einen Job als Pianist auf einem Kreuzfahrtschiff vermittelte.«

Aufmerksam beobachte Julia, wie Álvaro den Rest aus seinem Glas trank, bevor er weitersprach.

»Auf dem Schiff habe ich eine Sängerin aus Deutschland kennengelernt, die auch an Bord engagiert war. Nach Vertragsende bin ich mit ihr nach Köln gegangen, wo ich drei Jahre bei einem großen Musikalien-Händler Klaviere verkauft habe. Dort lernte ich auch Deutsch.« Er fixierte Julia, als erwarte er eine Frage.

Aus Verlegenheit trank auch sie ihr Glas leer und spürte wieder dieses berauschende Gefühl der Erleichterung, die ihr der Alkohol schenkte. »Und, was hat Sie wieder hierhin verschlagen?«, wollte sie in ihrer plötzlichen Unbefangenheit wissen. »Leben Sie noch mit dieser Frau zusammen?«

Álvaro massierte jeden einzelnen seiner Finger, als müsse er sie für das nächste Spiel biegsam machen. Bewundernd stellte Julia fest, wie schön auch seine schlanken Finger waren. Wahrhaftig, die Hände eines Pianisten. Darüber nachdenkend, lief es ihr kalt den Rücken herunter, als sie seine Stimme hörte. »Sie ist tot!«

Beschämt, danach gefragt zu haben, schaute sie sich im Raum um, in dem sich inzwischen mehr Gäste aufhielten. »Das tut mir leid!« Mehr kam ihr nicht über die Lippen.

»Also, was ist?«, fragte Álvaro. »Essen wir zusammen?«

Du musst sofort hier raus, warnte ihre innere Stimme. Hastig stand sie auf. Unverständnis zeigte sich auf Álvaros Gesicht. Dann setzte sie sich wieder, um in die Getränkekarte zu sehen. Nachdem sie den passenden Eurobetrag in ihrer Tasche gefunden hatte, bat sie Álvaro, er möge ihren Palo mitbezahlen.

Er winkte energisch ab. »Ich habe Sie eingeladen, bitte stecken Sie das Geld wieder ein.«

Doch sie ließ es liegen, und eilig verabschiedete sie sich mit den Worten: »Es ist spät geworden. Ich muss los. Man wartet auf mich!«

Blitzschnell stand Álvaro vor ihr. Beide schauten sich eine Zeit lang in die Augen, bis Julia ihm die Hand reichte. »Ich danke Ihnen für die Musik und für Ihre Offenheit. Leben Sie wohl.«

Er schaute ihr nach, bis sich die Tür hinter ihr schloss.

So hatte es sich zugetragen. Inzwischen war ein Jahr vergangen. Unter dem Aspekt, dass es nur für so lange wäre, bis die Kinder ihre Schule beendet hätten, entschloss sich Julia recht bald nach ihrer Rückkehr doch, wie Adolf ihr vorschlug, auf die Insel überzusiedeln. Frau Seibel brauchte nicht lange überzeugt zu werden, bis dahin das Haus zu hüten.

»Die wenigen Jährchen werde ich schon zurechtkommen«, versicherte sie. »Ich bin alleinstehend. Wo ich meine Füße zur Nacht ins Bett lege, ist gleichgültig.«

Und was die Firma betraf, konnte Julia für die Geschäftsführung einen altbewährten Mitarbeiter gewinnen, der den Betrieb gut kannte, weil er schon beim »alten Brossmann« seine Lehre begonnen hatte.

Endlich war es so weit! Zum Ende der Sommerferien waren die nötigsten Dinge, die für einige Jahre auf der Insel benötigt wurden, verschickt und im Haus der Eltern eingeräumt. Ohne Jana und Lars blieb Julia noch für ein paar Tage in Deutschland, um letzte Erledigungen vorzunehmen. Längst gewann sie die Vorstellung, mit den letzten Amtsgängen wäre die Brücke zu ihrem alten Leben eingerissen worden. Wäre da nicht das Unbehagen in ihr gewesen, sich auf dem Friedhof für unbestimmte Zeit von Kai zu verabschieden. Bis kurz vor ihrer Abreise nach Mallorca hatte sie diesen schweren Gang vor sich hergeschoben. Um ihrer Furcht davor zu entgehen, beschloss sie, sich nur noch einmal Mut anzutrinken. Aber dazu brauchte sie etwas, das schnell wirkte.

Bei dem ersten Glas Whisky hatte sie sich noch geschüttelt, aber das verlor sich spätestens, als ihr der Alkohol in gewohnter Manier Unbeschwertheit vorgaukelte. Mit diesem Gefühl als Verbündeten zog sie zum Friedhof los. Jetzt ging sie nicht als Trauerbraut in Schwarz gekleidet über die Straße, wie sie es in der Vergangenheit getan hatte. Nicht nur wegen der drückenden Hitze trug sie ein buntgeblümtes Sommerkleidchen, das Leichtigkeit und auch ein wenig Leichtsinnigkeit ausdrückte. Dazu gehörte auch das neue kleine Täschchen, das an ihrer Schulter baumelte. Zuvor, als sie im Bad vor dem Spiegel stand, nannte sie ihr aufgebrezeltes Ebenbild verrückt, weil sie die Schminke und den grellrot aufgetragenen Lippenstift zu übertrieben fand, als habe sie ein erotisches Date. Doch dann gestand sie sich ein, dass sie nicht nur von Kai Abschied nehmen wollte, sondern auch von dem vergangenen Jahr, das hinter ihr lag. Einem Jahr voller Trauer und Schmerz.

In Gedanken an den Pianospieler stellte sie sich vor, Mallorca könne so etwas wie eine Häutung für sie werden. Als befreie sie sich endgültig aus der Verpuppung der Trauer, damit ihr innerer Schmetterling seine Freiheit wiederbekam.

So kam es, dass sie auf dem Weg zum Friedhof an die zurückliegenden Osterferien auf Mallorca zurückdachte, was ihr aber gleichzeitig ein schlechtes Gewissen bereitete. Durfte sie auf ihrem Abschiedsgang zu Kai überhaupt an einen anderen Mann denken? Diese Frage stellte sie sich.

Ein Auto hupte. Gedankenverloren wäre sie beinahe, ohne auf den Lieferwagen zu achten, über die Kreuzung gelaufen. Sie hob entschuldigend die Hand, und der Fahrer beobachtete konzentriert ihre Schritte, als würde ihm gefallen, was er sah. In einiger Entfernung blieb sie stehen. Sie wunderte sich darüber, dass ihr die Erinnerung an Álvaro ein schlechtes Gewissen bescherte, weil sie für einen Moment glaubte, Kai könne ihre Gedanken gehört haben. Unwillkürlich schaute sie zum Himmel. Dabei fiel ihr auf, dass er sich inzwischen mit dunklen Wolken zugezogen hatte, die, so hatte es den Anschein, von der bleiernen Hitze noch unerträglicher niedergedrückt wurden.

Puh, dachte sie, das wird ein ordentliches Gewitter geben. Sie beeilte sich, zum Friedhof zu kommen, bevor das Unwetter losging.

Am Grab bekam sie beim Anblick der verwelkten Pflanzen erneut ein schlechtes Gewissen. Ach, Frau Seibel wird sich schon kümmern. Da es bald heftig regnen würde, entschied sie sich dazu, auch jetzt nicht zu gießen.

Aber sie hatte noch irgendetwas vor. Sie nahm die kleine Grabschaufel, die sie stets griffbereit hinter dem Grabstein aufbewahrte, und grub damit ein Loch in die Erde. Dann kramte sie einen Gegenstand aus dem Täschchen, den sie sorgsam in die Buddelstelle legte. Dabei handelte es sich um die Musikkassette, von der bei Kais Begräbnis die Schicksalsmelodie abgespielt wurde. Da sie davon überzeugt war, dass Musik alle Grenzen überwand, übergab sie diese Aufnahme zusammen mit einem geschriebenen Abschiedsgruß dem Jenseits.

Bevor sie wieder Erde darüber schaufelte, stellte sie sich wie zum Gebet mit gefalteten Händen aufrecht davor. Flüsternd erklärte sie Kai, dass sie für lange Zeit nicht mehr kommen würde, und er solle ihr deswegen nicht böse sein. Auch erzählte sie ihm von den anstehenden Veränderungen in ihrem Leben. Nur eines verschwieg sie ihm, ihre Begegnung mit Álvaro, diesem gut aussehenden Mann in der Ferne. Und mitten in ihre Andacht hinein, blies ein mächtiger Wind auf.

Von dumpfem Grollen begleitet, zuckten aus den schwarzen Wolken grelle Lichter. Julia kam gerade noch dazu, die Erde glatt zu streichen, da fielen ihr trotz des Blätterdachs schwere Regentropfen wie Hagel auf den Kopf. Unmittelbar darauf öffnete der Himmel seine Schleusen, als ginge die Welt unter. Bloß weg.

Sie rannte wie um ihr Leben. Von der Angst und dem Unwetter getrieben, erreichte sie völlig durchnässt und außer Atem die Einsegnungshalle, deren Tür Gott sei Dank offen war. Zuerst kam es ihr so vor, als verstecke sie sich vor dem Zorn aus einer anderen Welt. Obwohl sie sich damit tröstete, dass sie in vier Tagen ihr neues Leben auf Mallorca beginnen würde, kam ihr der Neuanfang wie eine Flucht vor. Einer Flucht vor dem, was war, und auch einer Flucht vor sich selbst. Ihre Gedanken überschlugen sich, und ihr Unbehagen an diesem Ort zu sein, steigerte sich. Eine Stunde zwang sie sich dazu, nicht an all die Toten zu denken, die von der Halle ihren letzten Weg zum Grab genommen haben, dann war das Gewitter zu Ende.

2. Teil

Zwischen den Gefühlen

Gleich nachdem sie Deutschland verlassen hatte, zog es sie erneut in die kleine Piano-Bar, um Álvaro wiederzusehen. Und genauso, wie sie ihn in Erinnerung und im Herzen behalten hatte, saß er an seinem Piano. Er lächelte, als er sie durch die Tür hereinkommen sah. Er lächelte, als wäre sie nur mal eben zwei Stunden fort gewesen. Von da ab verbrachten sie, wann immer sich die Gelegenheit fand, gemeinsam ihre Zeit, weil Julia sich in seiner Nähe glücklich und wieder als Frau begehrt fühlte. In seinen Armen vergaß sie sogar den Altersunterschied. Was waren schon neun Jahre, wenn man einander liebte, sagte sie sich fast entschuldigend. Seine Umwerbung machte sie jung, und nicht nur ihre Kleidung wurde wegen ihm farbiger, auch sie sah mit den Augen ihrer Verliebtheit die Welt wieder bunt, obwohl sie in einem dunklen Eckchen ihres Herzens immer noch Trauer empfand. Aber die Freude darüber, mit ihm und bei ihm sich und das Leben wieder zu spüren, überwog. Und sie war fest davon überzeugt, dass er es ernst mit ihr meinte. Hätte er sonst darauf gedrängt, ihr schon kurz darauf seinen Vater und sein Zuhause vorzustellen?

Mit offenen Armen wurde sie von Marcos aufgenommen. Sofort war sie von ihm und dem kleinen Fischerhaus in der Feigenbucht beeindruckt gewesen, das, von einer rustikalen Natursteinmauer umgeben, unmittelbar am Meer lag. Marcos, der vom Wind und Wetter gegerbte Fischer, empfing Julia mit freundlichen Worten, in denen er bedauerte, dass sich ihm leider schon lange nicht mehr die Gelegenheit geboten hatte, in seinem Haus eine Frau zu bewirten. Und er ließ es sich nicht nehmen zu betonen, dass sie eine besonders aparte Frau wäre.

Julia genoss nicht nur seine Gastfreundschaft. Von lauer und nach Salz schmeckender Meeresbrise umweht saßen sie beim ersten Treffen bis tief in die Nacht bei Wein, selbst gebackenem Brot und gegrilltem Fisch auf der Terrasse. Später, zu vorgerückter Stunde, als der konsumierte Wein ihm vollends die Zunge löste, erzählte er freimütig aus seinem und Álvaros Leben, und Álvaro musste seinen Vater immer wieder darauf hinweisen, langsamer zu sprechen, damit Julia ihm folgen konnte. Sie aber konnte gar nicht genug davon bekommen, seine Geschichten zu hören. Eng an Álvaro gedrängt war es ihr, als ginge sie mit seinen ausgeschmückten Erzählungen auf eine Reise, die sie in ihrer Vorstellung weit weg und dorthin führte, wo sie sich endlich mit ihrer Sehnsucht vereinen konnte, ihrer Sehnsucht nach Ruhe und Frieden. Als ihr allerdings bewusst wurde, dass ihre Kinder auf dieser Gedankenreise nicht dabei waren, fühlte sie sich schäbig.

Im weiteren Verlauf des Abends nannte Marcos mit aufgewühlter Stimme den Namen eines Menschen, der ihm alles bedeutete. Geradezu schwärmerisch schilderte er seine Adora, die, wie er betonte, mit Recht ihren Namen trug. Adora, die Verehrung. Er beschrieb sie in all ihren Facetten so präzise, dass Julia das Bild einer einfachen Frau vor Augen sah. Ungeschminkt, aber ausgestattet mit einer natürlichen, herben Schönheit, wie es eben nur der Süden mit dem Licht der Sonne vermag, seine Frauen zu schmücken. Eine von der Körpergröße her kleine, schwarzhaarige, etwas rundliche Mamacita mit lachenden Augen und einem sinnlichen Mund, dessen vollen Lippen wohl nur dafür erschaffen wurden, die Köstlichkeiten des Meeres abzuschmecken. Die den Sinn ihres Lebens einzig darin sah, ihrem Mann stets eine treue Begleiterin und ihrem Sohn eine gute Mutter zu sein. Bescheiden und genügsam gegenüber den Verlockungen der Welt. Doch eines Tages, nachdem er ihr einen Schallplattenspieler geschenkt hatte, fand eine Veränderung in ihr statt, wie Marcos auch hier nicht ohne Rührung erwähnte. Die Macht der Musik war es, die sie von da ab aus ihrem Alltag weit weg dahin entführte, wo sie glaubte, dass dort ihre Seele zu Hause wäre. Vor allem schwärmte sie von Opernmelodien. Wenn Marcos vom Fischfang zurückkehrte und ganz in der Nähe des Hauses erschöpft und hungrig sein Boot anlegte, hörte er bereits ihren Gesang als Duett mit irgendeiner Arie aus dem offenen Küchenfenster dringen, der sich mit dem Duft von gebratenem Fisch vermischte, als wolle sie ihn auf diese Weise schon von Weitem begrüßen. Dann freute er sich, ihr den Apparat geschenkt zu haben, was allerdings gelegentlich auch zu Auseinandersetzungen führte. Denn beeindruckt von der Kunst beschloss Adora, ihr Sohn sollte kein Fischer, sondern ein Pianist werden. Aber nicht irgendein Pianist, sondern einer, der in ihrer Fantasie mit seinem Spiel vom Beifall umtobt die Konzerthäuser der Welt füllte, wie sie Marcos lautstark entgegenhielt, wenn er sie auslachte. Tatsächlich aber gab es für ihren ungewöhnlichen Entschluss einen viel gravierenderen Grund. Denn auch um Álvaro wollte sie nicht täglich bangen müssen, das Meer könnte ihn auf Nimmerwiedersehen verschlucken. Diese Angst wurde ihr schon Tag ein, Tag aus aufgezwungen, wenn Marcos bei Wind und Wetter auf das unberechenbare Wasser hinausfuhr. Obwohl Álvaro noch ein Kind war, brauchte sie ihn erst gar nicht von ihrer Idee überzeugen. Auch er hatte längst Freude an der Musik gefunden. Außerdem wollte er kein Fischer werden. Bei seinem Vater sah er doch, wie hart die Arbeit war, und vor allem konnte er keine Fische töten.

All das sprudelte aus Marcos heraus, und Álvaro war überrascht, was sein Vater alles über ihn wusste. Nie hatte er früher mit ihm darüber geredet. Was Álvaro auch nicht wusste, war, dass Marcos damals heftig mit der Faust auf den Tisch geschlagen hatte, als er Adora zornig zurief: »Und der Junge wird doch Fischer!«

Er sah ziemlich zerknirscht aus, als er seinen damaligen Ausbruch gestand. Und Julia blieben seine feuchten Augen nicht verborgen, als er noch betonte: »Glaubt mir, das bereue ich heute. Leider kann ich es ihr nicht mehr sagen.« Julia traute sich nicht, nachzufragen, wo Adora jetzt war.

Stumm beobachtete sie, wie Marcos mit abgewandtem Blick in den Nachthimmel schaute, als würde er da oben zwischen den Sternen etwas suchen. Dabei wiegte er den Kopf hin und her. Er tat es, wie es Raubtiere tun, die in der Gefangenschaft aus Frust ihre Schädel an den Gitterstäben reiben. Doch dann war er wieder völlig verändert. Amüsiert hielt er sein Glas hoch. »Und was ist aus meinem Jungen geworden? Was? Ein Klavierspieler. Prost!«

Álvaro wurde unruhig. Er kannte seinen Vater nur zu gut, der jedes Mal, wenn er zu viel getrunken hatte, rührselig wurde. Das führte manchmal dazu, dass er über Tage hinweg in eine große Traurigkeit verfiel. Álvaro fühlte sich davon peinlich berührt. Darum schlug er vor, es sei besser, wenn er Julia nach Hause fahren würde.

»Nein, nein, sie wird hierbleiben!« Energisch wehrte Marcos das Ansinnen seines Sohnes ab. »Du hast getrunken, da wirst du sie nicht auf dem Motorrad heimbringen. Ich werde ihr nachher eine Schlafstatt richten.« Er sah aus, als würde er keinen Widerspruch mehr zulassen. Wesentlich freundlicher schlug er vor: »Aber lasst uns noch eine Weile draußen sitzen bleiben. Gibt es denn einen schöneren Platz auf dieser Welt?«

»Ja, es ist sehr schön hier, und gerne nehme ich Ihr Angebot an«, sagte Julia rasch. Auch ihr war nicht wohl bei dem Gedanken, in der Nacht beschwipst auf einem Motorrad die engen Straßen durch die Berge zu fahren. Um Zustimmung bittend drückte sie Álvaros Hand. Noch bevor der darauf reagieren konnte, machte Marcos Anstalten, aufzustehen. Ein wenig schwankend ging er ins Haus. Verwundert sah Julia ihm nach. Álvaro zuckte ratlos mit den Schultern. Kurz darauf erschien Marcos mit einem gerahmten Bild in der Hand, das er Julia schweigend entgegenhielt.

Geräuschvoll atmete Álvaro ein und aus, woraufhin sie ihn mit ihrem Blick um Nachsicht bat. Als Erstes fiel ihr das schwarze Band am Rahmen auf. Bei genauerem Hinsehen erkannte sie die Frau, die ihr Marcos vorhin beschrieben hatte. Kein Zweifel, dies musste Adora sein.

Wieder am Tisch sitzend fragte er: »Ist sie nicht eine wunderbare, geradezu verehrungswürdige Frau?«

Von seinen Worten im Herzen berührt, nickte Julia ihm zu. Insgeheim hatte sie die Frage auf den Lippen, was mit ihr geschehen ist, da sagte Marcos unerwartet: »Wissen Sie, dass der Tod ein Lump ist? Ein hundsgemeiner, hinterhältiger Lump?«

Am liebsten hätte Julia losgeschrien: »Ja, das weiß ich.« Aber sie wartete darauf, dass Marcos sich erklären würde. Sie brauchte nicht lange zu warten. Verbittert sah sein Gesicht plötzlich aus, und seine Stimme zitterte. »Und dieser hinterhältige Lump hat mir das Liebste auf der Welt genommen.« Seine ausbrechende Trauer um Adora verriet seine Verletzlichkeit, die er ansonsten hinter der rauen Schale verbarg. Was dann folgte, hörte sich wie eine Selbstanklage an. »Stellen Sie sich den Tod nicht als etwas Gewaltiges vor, der mit seiner Sichel auf schnaubenden Rossen angsteinflößend daherkommt«, lachte er verbittert. »Der Tod ist ein mickriger Feigling, der heimtückisch zuschlägt, wenn man nicht aufpasst. Ich«, und er zeigte mit dem Finger auf sich, »habe nicht genug aufgepasst, darum konnte der Lump Adora ohne großes

Aufsehen zu erregen mitnehmen.« Marcos sah Julia durchdringend an. Vielleicht wollte er prüfen, ob sie aufmerksam genug war?

Álvaro konnte man ansehen, dass er wusste, was jetzt kam. Vermutlich hatte er diese Geschichte schon mehr als hundert Mal gehört.

»An jenem Tag, als es geschah«, fuhr Marcos fort, »bin ich wegen des schlechten Wetters nicht zum Fischen hinausgefahren. Stattdessen werkelte ich bis in den Nachmittag hinein am Schuppen herum, der sich hinter dem Haus gleich neben dem Hühnerstall befindet. Die alten Bretter habe ich ausgetauscht. Als Adora mich zum Essen rief, ließ ich alles stehen und liegen. Ich saß schon am Tisch, da fiel ihr auf, dass ein Ei fehlte. Sie entschuldigte sich. Sie wusste, wie gerne ich zum Abendbrot ein gekochtes Ei aß. Ich sagte noch zu ihr, bleib sitzen, dann esse ich eben keins. Doch da verschwand sie schon in Richtung Hühnerstall. Humpelnd kam sie wieder. Was ist passiert, habe ich sie gefragt. Sie war in der Dämmerung in einen rostigen Nagel getreten, der in einem der Bretter steckte, die auf dem Hof herumlagen. Ich habe ihr die Wunde mit Alkohol abgerieben und gesagt: Das wird schon wieder!« Er seufzte. »Nein, es wurde nicht wieder. Selbst als sich am nächsten Tag der gesamte Fuß rot geschwollen entzündet hatte, lehnte es Adora ab, dass ich den Arzt hole. Ich gab leider nach. Erst als sie in der Nacht mit hohem Fieber verwirrt redete, brachte ich sie ins Krankenhaus. Aber da war es zu spät. Sie war nicht mehr zu retten gewesen.« Auch jetzt noch, nach all der Zeit, schüttelte Marcos fassungslos den Kopf. »Totales Organversagen nach einer Sepsis haben die Ärzte gesagt. Und das alles wegen eines blöden Nagels.« Grob fuhr er sich mit der Hand durch sein schütteres Haar, als wolle er es wegen seiner Verzweiflung ausreißen. Dann wischte er sich unbeholfen über die Augen.

»Lass gut sein, Vater«, mischte sich Álvaro ein. »Du hast dir lange genug Vorwürfe gemacht.« Aber auch er rang um Fassung, wie Julia bemerkte. Er war damals noch ein Kind gewesen. Zu sehr schmerzten ihn die Erinnerungen an den Abschied von seiner Mutter und an die folgenden Jahre, in denen sie ihm zu jeder Stunde des Tages fehlte.

»Ja, ja, ist schon gut, ich bin ja schon ruhig.« Um Verständnis bittend nickte Marcos seinem Sohn zu. »Es tröstet mich jedenfalls ein klein wenig, dass ich meiner Adora dann doch noch ihren größten Wunsch erfüllt habe. Álvaro ist ein Klavierspieler geworden! Hätte ich damals gewusst, wie alles kommt, dann hätte ich mich nicht dagegen gesträubt. Wie sagt man bei Ihnen in Deutschland, liebe Julia, man soll nicht über vergossene Milch jammern. Schauen Sie sich ihn an, ich bin stolz auf meinen Sohn. Heute ist Álvaro Fischer und Klavierspieler zugleich. Ein Fischer, der ab und zu in einer kleinen Bar Klavier spielt.« Wie ein spärlicher Sonnenstrahl, der sich kurz durch schwarze Wolken zwängt, huschte ein Lächeln über sein vom Kerzenlicht erhelltes Gesicht, das Julia nicht entging.

So ist das, dachte sie sich, das Schicksal verfährt nach eigenen Regeln. Für Álvaro sind es nicht die Konzerthäuser der Welt geworden, aber dafür durfte ich ihn kennenlernen …

Je mehr Zuneigung sie für Álvaro empfand, umso mehr drängte sich Kai zwischen ihre Beziehung. Und sie hoffte, diese Mauer zwischen ihr und Álvaro mit einer, wenn auch nur symbolischen, Handlung einzureißen. Lange hatte sie überlegt, ob sie es wirklich tun sollte. Aber ihrer Meinung nach war sie längst zu viele Schritte hin zu Álvaro gegangen, als dass sie ihre Liebe zu ihm jetzt noch verleugnen konnte. Die Reliquien ihrer Vergangenheit, all die Briefe in der Zigarrenkiste, die sie an Kai geschrieben hatte, wollte sie ins Meer werfen. Sie war sich von vornherein sicher gewesen, dass Álvaro sie mit dem Boot herausfahren würde. Und tatsächlich brauchte sie ihn nicht lange überreden. Er freute sich sogar, weil er darin einen Beweis für ihre Gemeinsamkeit sah. Aber warum gerade ins Meer, wollte er wissen. Das hatte sie sich vorher auch gefragt. Nach reiflicher Überlegung war sie dann zu der Überzeugung gekommen, die Briefe nicht einfach zu verbrennen, was nahe lag. Dieses Verbrennen verband sie irrational mit einem Höllenfeuer für seine Seele. Auch die Briefe zu zerreißen oder in den Müll zu werfen wäre ihrer Meinung nach zu banal gewesen. Das Meer sah sie in ihrer Vorstellung als Urquelle des Lebens und der Liebe an. Und genau in dieses Meer sollte mit den Briefen und einer roten Rose ihre Liebe an Kai zurückgegeben werden.

Zunächst verlief alles nach Plan. Gewiss war es kein günstiger Tag für ihren Entschluss. Gegen

Mittag verschwand die Sonne, und am Horizont türmten sich mächtige Wolken. Auch dass absolute Windstille herrschte, gefiel Álvaro zunächst nicht, da sie im Zusammenhang mit den Wolken ein Zeichen für einen aufkommenden Sturm sein konnte. Aber auch er wollte die Sache endlich hinter sich bringen, wie er ihr versicherte.

Hand in Hand bestiegen sie ausgelassen das Boot. Auf dem glatten Wasser kamen sie rasch voran, und schon bald waren die Häuser der Feigenbucht im Dunst der vom Meer aufsteigenden Feuchtigkeit kaum noch zu erkennen, als Álvaro zum ersten Mal den Motor drosselte. Hier wäre eine gute Stelle, meinte er. Julia winkte ab, weil sie befürchtete, die Zigarrenkiste würde beim nächsten Wellengang wieder ans Ufer gespült werden. Also startete Álvaro erneut das Boot, das diesmal mit Julia am Steuerrad tuckernd dahinglitt. Sie lachten, und ihre Haare wehten im Fahrtwind. Noch sah es nicht danach aus, dass Álvaros Befürchtungen tatsächlich eintreten würden. Doch es dauerte nicht lange, da schien das Wasser aus der Tiefe heraus aufzuschäumen. Und schon bald begann das Boot auf den immer stärker werdenden Wellen zu reiten. Schaum spritzte über sie hinweg, und aus dem inzwischen schwarzen Himmel blies wie auf ein Zeichen hin ein mächtiger Sturm herab. Vom Tosen des Meeres untermalt, als sängen Tausende von Stimmen einen schauerlichen Choral.

»Wenn wir jetzt nicht umkehren, werden wir ertrinken«, brüllte Álvaro gegen das Sturmgebraus an. Unfähig, darauf zu reagieren, stierte Julia auf die Zigarrenkiste in ihren Händen, die ihr in dem

Moment wie ein Sarg vorkam, in dem jeder Augenblick steckte, den sie mit Kai erleben durfte. Kai ist tot und er soll mich endlich in Ruhe lassen, schrie es in ihrem Kopf. Genügte es denn nicht, dass sein Körper längst in einem richtigen Grab lag? »Ich bin nicht tot, Juju. Ich bin bei dir und ich werde immer bei dir sein!« Völlig verwirrt schaute sich Julia suchend um. Woher kam diese Stimme? Narrte sie ihr Verstand? Plötzlich glaubte sie, Kai stehe direkt vor ihr. Das war der Augenblick, als sie gegen das Geheul des Windes anschrie: »Verzeih mir Liebster, aber ich muss es tun.« Wegen des schwankenden Bootes konnte sie sich kaum auf den Beinen haltend. Hin und her torkelnd warf sie in hohem Bogen die Kiste von sich, um gleich darauf auch Álvaro in das brodelnde Wasser zu stoßen. Durch Gischt und Tränen getrübt, verfolgten ihre Augen, wie er im tosenden Wasser um sein Leben kämpfte. Verzweifelt rief er ihren Namen. Davon jäh in ihrem Herzen berührt, erkannte sie, was sie getan hatte. Von der Angst getrieben lehnte sie sich weit über den Bootsrand und reichte Álvaro die Hand. In Panik schlossen sich seine Finger fest um ihr Handgelenk. Im Kampf auf Leben und Tod befürchtete sie, selbst ins Wasser gerissen zu werden. In seiner Not zog Álvaro sie ganz nah an sich heran, als ihr ein gellender Schrei entfuhr. Jetzt erst erkannte sie, dass nicht Kai mit dem Tod rang, sondern Álvaro. Sein entsetztes Gesicht gab ihr nun die nötigen Kräfte, um ihn endlich ins rettende Boot zu zerren.

Als sie später frisch angekleidet in der trockenen, warmen Stube saßen, gab es von Álvaros Seite her nichts zu verzeihen, da er wegen des heftigen Seegangs an ein Missgeschick glaubte und Julia ihm bestätigte, dass es ihr furchtbar leidtäte.

So sehr Julia unter dem Eindruck des verrückten Geschehens litt, überwog am Ende doch das Gefühl, alles richtig gemacht zu haben, weil sie neben Álvaro Glück verspürte. Das Glück hatte einen Namen bekommen.

Nach einem dieser glücklichen Tage mit ihm, die sich wie Perlen an einer Kette fügten, da sie glaubte, ihr jetziges Leben zu träumen, war sie dazu bereit, seinem Drängen nachzugeben. Längst war es Nacht geworden. Meereswellen leckten wie Schaummünder am noch warmen Sandstrand. In der Ferne hob sich Palma wie skizziert vom Nachthimmel ab. Ein Feuer loderte in die Dunkelheit. Sanft umwehte eine laue Brise den entblößten Frauenkörper, als trüge er überflüssigerweise zu seiner Nacktheit ein Kleid aus Flammenschimmer, der im Takt ihres leidenschaftlichen Tanzes auf ihrer Haut flackerte.

Vom Augenblick verzückt drehte sich Julia im Tanz, als wollte sie sich gegen alle verlogene Moral und Sittlichkeit auflehnen. Sie lebte wieder. Ihr altes Leben war in Tränen ertrunken und in Gram und Verzweiflung erstickt. Jetzt gierte ihr neues Leben nach Lust und Ausgelassenheit. Mit spitzem Laut warf sie sich rücklings in den Sand, der wie ein aphrodisisches Bad auf ihrer Haut prickelte.

Die Beine gespreizt, wartete sie darauf, dass Álvaro, der ebenfalls nackt war, zu ihr kam. Sein athletischer, von der Sonne des Südens gebräunter Körper glänzte schweißig im Mondlicht. Er beugte sich über sie und umfasste sie, als wolle er eins werden mit ihr. »Ich liebe dich«, hauchte er ihr ins Ohr, woraufhin seine Lippen ihr erhitztes Gesicht bedeckten. Den Mund vor Lust weit geöffnet, ließ sie es geschehen, dass er mit jedem Stoß seiner Lenden zu einem Liebeszauberer wurde, der den Fluch der Bitternis restlos aus ihrem sich aufbäumenden Körper verbannte, bis sich, von kalten Schauern begleitet, ihr Leib vor Erschöpfung entspannte.

Auch Álvaro schien entkräftet. Wie schlafend lag er neben ihr. Sein Atem ging flach, als ruhe er sich von einer schweren Arbeit aus. Und als sie ihn voller Glück im Herzen betrachtete, kam es ihr plötzlich so vor, als wäre seine Haut von einer unnatürlichen Blässe überzogen. Zuerst glaubte sie, es läge am silbernen Schein des Mondes, doch dann schienen sich auch seine Gesichtszüge zu verändern. Augenblicklich wandelte sich das eben noch empfundene Glück in Entsetzen.

Als Álvaro nach einer Weile bemerkte, wie sie ihn beobachtete, und den Kopf zu ihr hindrehte, traf sie die Abscheu wie ein Schlag, weil sie jemand anderen vor sich sah. »Kai?«, kam es ihr flüsternd über die Lippen. Mit einem Satz sprang sie hoch.

»Álvaro, Álvaro«, schrie sie hysterisch, »steh sofort auf!«

Während er sich verwundert reckte, sah er sich nach allen Seiten um. »Was hast du? Siehst du Gespenster?«

Immer noch das Trugbild vor Augen, starrte sie ihn an.

Álvaro zuckte mit den Schultern. Er verstand nicht, was mit ihr los war. Er stand auf, ging zur Feuerstelle, die er aus Treibholz errichtet hatte, und suchte nach Zigaretten in seiner Hose. Das heruntergebrannte Feuer reichte gerade noch aus, um zwei Glimmstängel zu entzünden. »Lass uns noch ein paar Minuten die herrliche Nacht genießen«, bat er.

Ein wenig beruhigter stimmte Julia zu.

Den Sternenhimmel betrachtend lagen sie rauchend dicht nebeneinander. Álvaro langte nach der fast leeren Weinflasche, die neben ihm im Sand steckte. Er gab sie zuerst Julia. Sie trank ungeschickt, dass ihr der verschüttete Wein über die entblößte Brust rann, was Álvaro dazu animierte, ihn mit seiner Zunge aufzulecken. Sie kicherte und reichte ihm den Rest vom Wein. Die leere Flasche warf er zur Feuerstelle hinüber.

»Ich habe immer gewusst, dass wir uns einmal lieben werden«, sagte er in den Himmel schauend. Julia schwieg. Sie nahm einen letzten Zug aus der Zigarette, deren heller Schein sich aufblähte, aufglühte wie die Sonne, bevor sie für immer im Nichts verlosch. »Bereust du es?« Als er keine Antwort bekam, drehte er sich zu ihr um.

Sie weinte lautlos.

Überrascht fragte er: »Habe ich etwas falsch gemacht?«

»Ich weiß nicht«, antwortete sie zögerlich. »Vielleicht haben wir beide etwas falsch gemacht?«

Er richtete sich auf. »Ist es falsch zu lieben? Ich liebe dich, Julia. Ich liebe dich seit dem ersten Augenblick, als ich dich sah!«

»Liebe«, wiederholte sie gedehnt. Und so, als würde sie sich selber fragen, sagte sie kaum hörbar: »Ist Liebe übertragbar? Ist Liebe teilbar?« Verträumt sah sie in Richtung Palma. Plötzlich rief sie völlig verändert: »Ach, was solls, lass uns heute glücklich sein! Gehen wir feiern!« Hastig zog sie sich ihren Slip an und streifte ihr dünnes, buntes Sommerkleid über. »Da ist ja ein Rotweinfleck drin«, staunte sie.

»Mich stört er nicht, mich stört nur, dass du wieder etwas anhast«, flachste Álvaro.

Julia winkte ab. »Mich stört er auch nicht.« Und schon knotete sie sich das Haar zu einem pfiffigen Büschel zusammen, das sie wie ein Krönchen oben auf dem Kopf befestigte. Dabei ließ sie Álvaro nicht aus den Augen, der sich mit seinen schlanken Fingern flink den Sand von der muskulösen Haut wischte. Dann war auch er bereit zu gehen.

»Unsere Spuren werde ich morgen verwischen.« Dabei zeigte er auf ihren Lagerplatz.

Wie Adam und Eva verließen sie Hand in Hand ihr neugewonnenes Paradies, bis die Dunkelheit sie verschluckte.

Keuchend stieg Adolf den schmalen Pfad zu seinem Anwesen hinauf. Obwohl es erst früher Vormittag war, und das mächtige Gewitter der Nacht noch Wolkenfetzen am Himmel zurückgelassen hatte, stach die Sonne gnadenlos. Sich den Strohhut in den Nacken schiebend, blieb er an einem besonders schönen Aussichtspunkt stehen, um sich am gigantischen Anblick der Weite und am Meer unter sich zu erfreuen. Fast täglich unternahm er diese Tour zu seinem Nachbarn, der auch Deutscher war und das leckerste Brot weit und breit backte. Verlockend duftete das noch warme Gebäck aus dem Netz, das über seiner Schulter hing.

Die Pause hatte ihm gutgetan, allmählich konnte er wieder durchschnaufen. Das verdammte Asthma war ein Geschenk seines Berufes. In seiner alten Heimatstadt, wo die Kinder mit einem Regenschirm auf die Welt kamen, wie scherzend gesagt wurde, hätte er überdies schon längst das Zeitliche gesegnet, dessen war er sich sicher. Aber hier auf der Insel gab es Tage, da spürte er so gut wie nichts, was ihn an die Krankheit und an das verdammte Alter erinnerte. Da schmeckte ihm ab und zu sogar der Zigarillo, den er sich gönnte, wenn er an besonderen Abenden Rotwein trinkend auf der Terrasse saß.

Er genoss sein jetziges Leben, das seiner Meinung nach ewig so bleiben könnte. Aber im gleichen Moment schüttelte er den Kopf, als ihm wieder einmal bewusst wurde, wie schnell die Jahre rückblickend vergangen waren. Das Leben, sein Leben, so kam es ihm vor, war von einem bestimmten Zeitpunkt an in einen verfluchten Zeitraffer geraten.

»Los, alter Junge«, mahnte er sich, »die anderen und das Frühstück warten auf dich!«

Etwa eine viertel Stunde später fehlten bis zum Haus nur noch wenige Meter, dann hatte er es geschafft. Schon als er die Tür zum Flur öffnete, stieg ihm frischer Kaffeeduft in die Nase. »Na, da komme ich ja gerade richtig!«, rief er in die Küche, wo ihn Hannelore lächelnd mit einem Kuss begrüßte.

»Es wird heute sehr heiß werden«, stöhnte er. Während er das Netz mit dem Brot auf die Arbeitsplatte legte, fragte er: »Sind Julia und die Kinder schon auf?«

Anstatt ihm zu antworten, sah Hannelore ihn sichtlich bedrückt an.

»Hast du meine Frage nicht verstanden?«, hakte er ungeduldig nach.

»Julia ist nicht nach Hause gekommen!«

»Was! Sie ist wieder nicht nach Hause gekommen?«, polterte er los. »Na, die soll was erleben!«

»Adolf, bitte«, versuchte Hannelore ihn zu beruhigen. »Sie ist eine erwachsene Frau, sie muss wissen und selbst verantworten, was sie tut, meinst du nicht auch?«

»Eine Hure ist sie!« Adolf schlug so feste mit der Faust auf die Arbeitsplatte, dass das Brot beinahe auf dem Boden gefallen wäre.

»Mann, versündige dich nicht an deinem Kind!«

Kraftlos ließ sich Adolf auf einen Stuhl fallen. Einem emotionalen Ausbruch nahe, wischte er sich die Schweißperlen von der Stirn. »Ich habe ja für vieles Verständnis«, stammelte er, »wir haben sie hier aufgenommen ohne Verpflichtungen ihrerseits. Wir haben ihr die Gelegenheit gegeben, ein neues Leben anzufangen, und was macht sie? Sie kümmert sich nicht um eine eigene Wohnung, vernachlässigt die Kinder, kommt und geht, wann es ihr passt, und glaubt wohl noch, dass ich zu allem Ja und Amen sage.«

»Nicht so laut Addi, die Kinder können jeden Augenblick hier sein.«

»Ach was, nicht so laut. Ich habe lange genug die Füße stillgehalten. Ich frage dich bloß, was ist aus unserer Tochter geworden?« Verzweifelt vergrub er sein Gesicht in den Händen, als könnte er damit alles aus der Welt schaffen.

»Sie wird sich fangen, lass ihr Zeit. Es war nicht einfach für sie, alles zu verkraften.« In der Absicht, ihn zu trösten, streichelte Hannelore ihm über das weiße, dünne Haar. »Komm, mein alter Brummbär, schneide das Brot auf, ich habe schon auf der Terrasse eingedeckt, und dann frühstücken wir gemütlich. Du wirst schon die richtigen Worte finden, wenn Julia nach Hause kommt.«

»Nach Hause, nach Hause, hat sie ein Zuhause?«, klagte Adolf.

Sein Zorn aber schien verraucht. Schwerfällig, als trage er alle Last der Welt auf seinen Schultern, erhob er sich, und dabei wischte er sich verlegen eine Träne aus dem Augenwinkel. »Ach, du hast recht, Hanni, hol die Kinder zum Frühstück, damit ich endlich auf andere Gedanken komme!«

Als Hannelore in den Flur trat, begegnete ihr Lars, der gerade mehrere Stufen auf einmal nehmend die Treppe heruntersprang und im Vorbeilaufen nur einen kurzen Gruß für seine Oma übrighatte.

»Halt! Wo willst du hin, Lars? Wir warten mit dem Frühstück auf euch.«

»Ich habe mir schon in aller Frühe ein Brot geschmiert«, rief er ihr zu. Und als er die Haustür hinter sich zuschlug, hörte sie noch: »Ich treffe mich mit Freunden, es kann später werden, ihr braucht nicht mit dem Mittagessen auf mich warten!«

Über sein Verhalten verärgert, stieg Hannelore die Treppe zu Janas Schlafkammer hoch. »Jana, mein Schatz, bist du wach?« Vorsichtig spähte sie durch den Spalt der Tür.

»Ich will nicht aufstehen«, antwortete Jana kläglich.

Augenblicklich stand Hannelore an ihrem Bett. »Wasch dir übers Gesicht, Liebes. Opa wartet auf dich.«

Jana versuchte aufzustehen, doch sie fühlte sich matt und elend. Besorgt tastete Hannelore nach ihrer Stirn. »Du hast ja Fieber, Kind.« Umgehend ging sie zum Fenster und schloss es. »Du sollst doch nachts nicht bei weit geöffnetem Fenster schlafen. Du kannst dich erkälten, wenn du dich verschwitzt aufdeckst.« Dann entschied sie: »Bleib heute im Bett, ich bringe dir Kakao und ein frisches Brot mit Marmelade hoch. Danach sieht die Welt schon wieder anders aus.«

Nach dem mehr oder weniger schweigsamen Frühstück lag Adolf missgelaunt hinter dem Haus auf seiner Lieblingsliege. Um sich nicht der direkten Sonne auszusetzen, hatte er sie in den Schatten eines großen Olivenbaums gezogen. Unterdessen bereitete Hannelore das Mittagsmahl zu. Es dauerte nicht lange, bis ihn der Schlaf übermannte. Erst das Knattern eines Motorrads schreckte ihn hoch.

Eine Zeit lang hörte es sich so an, als wäre es vor dem Haus stehen geblieben. Dann drehte der Motor auf, und nach einer Weile wurde der Lärm wieder leiser. Bald darauf vernahm er hinter sich Schritte auf den gefliesten Treppenstufen, die vom Garten aus zum höher liegenden Erdgeschoss führten. Es war Julia, er erkannte sie am Schritt. Tack, tack, tack. Niemand anders als Julia käme auf die Idee, mit solch hohen Absätzen durch die Gegend zu laufen, wie er immer sagte.

Als sie ihn unter dem Baum liegen sah, wollte sie rasch weitergehen. Sie stutzte und blieb kurz stehen. »Hallo Vater«, rief sie ihm halbherzig zu.

Angriffslustig richtete sich Adolf auf. »Komm zu mir!«

Unschlüssig wartete sie ab. Sie ahnte, was auf sie zukam, und sie wollte sich nicht demütigen lassen. Doch dann kam sie mit geradem Rücken, den Kopf im Nacken und die Schuhe in der Hand haltend.

Ohne aufzustehen, schaute Adolf seine Tochter von oben bis unten an, die sichtlich übernächtigt und mit beschmutztem Kleid vor ihm stand.

»Warst du wieder mit diesem Kerl zusammen?« Er wartete nicht ihre Antwort ab. »Ist das Blut?« Sein Finger zeigte auf den großen Fleck.

Sie brauchte nicht hinzuschauen, sie wusste auch so, was er meinte. »Nein, es ist Rotwein.«

»Schämst du dich nicht?«

Entgeistert sah sie ihren Vater an.

»Schämst du dich nicht?«, wiederholte er lauter.

»Vor dir, Vater?«, sagte sie leicht ironisch.

»Nein, vor mir nicht, das wäre sinnlos.«

»Vor wem dann?«

Adolf rang mit sich. Seine Lippen verzogen sich zu einem Strich. Es fiel ihm schwer, sich zu beherrschen, aber schließlich besänftigte das Alter sein aufgewühltes Blut.

»Was bist du nur für eine Mutter, Julia? Vor deinen Kindern natürlich, nur vor denen solltest du dich schämen!«

Nun ihrerseits entrüstet, stellte sie sich breitbeinig in Positur. Mochte sein, dass ein Rest von Alkohol in ihrem Blut sie darin bestärkte, rebellisch zu sein. »Was tu ich denn Schlimmes?«, raunzte sie. »Ist es etwa meine Schuld, dass meine Familie zerrissen wurde? Dass mein ganzes Leben aus den Fugen geraten ist?«

Adolfs Miene verfinsterte sich, als er sich von der Liege erhob. Im ersten Moment wirkte es sogar bedrohlich, wie er auf sie zuging. »O nein, mein Kind, das ist gewiss nicht deine Schuld, aber die Vernachlässigung gegenüber Jana und Lars, das ist deine Schuld. Du bist es ihnen schuldig, eine gute Mutter zu sein! Und du wirst nicht eher Ruhe haben, bis du deine Schuldigkeit eingelöst hast. Das heißt sich kümmern, Kummer haben für das, was dir vom Herrgott anvertraut wurde. Weißt du denn, was Jana gerade in diesem Moment macht oder empfindet, weißt du das? Von Lars ganz zu schweigen, der geht schon lange seine eigenen Wege. Hörst du mir überhaupt zu? Genau das frage ich dich, Julia.«

Julia trat einen Schritt zurück. Man konnte ihr die wachsende Empörung ansehen. Die Arme über der Brust verschränkt, fragte sie herausfordernd: »Was wird sie schon machen? Sie wird hier irgendwo fröhlich spielen, wie immer.« Julia war zu müde und gereizt, sie wollte der Anklage so rasch wie möglich ein Ende bereiten. »Lasst mich doch alle in Ruhe, ich lege mich jetzt hin!«

»Du bleibst stehen!«, befahl Adolf barsch. »Keinen Schritt gehst du weiter, bevor ich dir nicht gesagt habe, was ich dir sagen will, sagen muss!« Aus einem Affekt heraus überkam ihn der Drang, seiner Tochter eine Ohrfeige zu geben. Vorsorglich steckte er seine Hände in die Hosentaschen. »Dein Kind … dein Kind«, er schluckte vor Nervosität, »liegt im Bett und ist krank! Als Mutter sie heute Morgen weckte, wollte sie nicht aufstehen. Außerdem will sie nichts essen. Nachdem Mutter die Temperatur gemessen hat, stellte sich heraus, dass sie auch Fieber hat.«

Von seinen Worten tief betroffen, hörte Julia ihm nun aufmerksam zu.

»Mit Jana stimmt in letzter Zeit etwas nicht. Fällt dir denn gar nicht auf, wie blass sie ist und wie still und in sich gekehrt sie sich verhält? Leider habe ich Mutter von Anfang an gebeten, sich nicht in deine Angelegenheiten einzumischen, damit wir hier auf engstem Raum in Ruhe zusammenleben können, aber irgendwo gibt es auch Grenzen. Fällt dir so etwas denn nicht auf?«

Julia wollte einen Einwand vorbringen, aber Adolf ließ sie nicht zu Wort kommen. »Vor zwei Stunden hat Mutter Dr. Velasques angerufen, er will heute noch vorbeischauen.«

Diese Nachricht brach Julias Trotz endgültig. Als wäre sie wieder das kleine Mädchen von einst, umklammerte sie weinend ihren Vater. »Verzeih, es tut mir so leid«, stotterte sie.

Davon besänftigt tätschelte Adolf ihr die Wangen. »Bei mir brauchst du nicht entschuldigen. Aber nun sage Mutter Bescheid, dass du da bist. Und dann geh zu deinem Kind. Danach dusch dich und zieh dir etwas Frisches an. Oder besser dusche zuerst, Jana braucht dich so, wie du jetzt aussiehst, nicht zu sehen. Ich brühe inzwischen einen starken Kaffee für dich auf.«

Julia lächelte zustimmend und wischte sich die Tränen ab.

Eine warme, friedliche Sommernacht war heraufgezogen. So jedenfalls stellte sie sich für denjenigen
dar, der einen gewissen Sinn für die Romantik hat.
Vom Haus aus betrachtet, zeigte sich das Umfeld
der Landschaft zu jener Stunde schwärmerisch,
wie es von Dichtern in der Art oft beschrieben
wurde.

Als Julia angetrunken aus dem Taxi stieg, waren
die Lichter im Haus gelöscht, alle schienen bereits
zu schlafen. Sie hatte trotz des unrühmlichen Zu-
sammentreffens mit ihrem Vater am Vormittag die
letzten Stunden des Tages in der Piano-Bar bei
Álvaro verbracht. Doch es war nicht so wie sonst.
Vaters Vorwürfe und Janas Hinfälligkeit gingen ihr
nicht aus dem Kopf. Álvaro bemerkte es an ihrem
abwesenden Verhalten, woraufhin er eigenartig
kühl reagierte. Darum war der Abschied plötzlich,
und er hatte auch keinen Einwand, dass Julia ein
Taxi bestellte. So leise wie möglich schlich sie nun
ins Wohnzimmer. Ohne vorher ins Bad zu gehen,
legte sie sich gleich hin.

Obwohl sie auch die Nacht zuvor durchgemacht
hatte, konnte sie keinen Schlaf finden. Ruhelos
wälzte sie sich auf der Couch, die ihr nachts als Bett
diente, hin und her. Durch die offenstehende Ter-
rassentür wehte ein angenehm milder Luftzug herein, der sie dazu verlockte, aufzustehen, um sich im
Pyjama nach draußen zu setzen. Als sie die Terrasse betrat, spürte sie unter ihren nackten Füßen
noch die Wärme des Tages, die in den Fliesen

gespeichert war. Für einen Atemzug vergaß sie alles um sich herum. Beim Blick in die mondklare Weite verloren sich für diesen Moment all ihre Zweifel und Sorgen. Sie gestand sich ein, dass es momentan keinen besseren Platz in ihrem Leben gab.

Die bereitstehende Liege lud dazu ein, sich eine Weile daraufzulegen. Mit hinter dem Kopf verschränkten Armen überließ sie sich dem Gegenwärtigen, ohne Zwang, an etwas Bestimmtes denken zu wollen. Zunächst stellte sich Erleichterung darüber ein, dass der Tag endlich herum war. Der einzige Lichtblick am vergangenen Vormittag war das Gespräch mit Doktor Velasques gewesen, der sie beruhigen konnte. »Ich denke, dass es nichts Schwerwiegendes ist«, hatte er verlauten lassen. Allerdings sah er ernst dabei aus. Und diese Ernsthaftigkeit unterstrich er mit den Worten: »Bis auf eine leichte Erkältung fehlt Ihrer Tochter körperlich nichts, soweit ich das unter diesen Umständen feststellen kann. Aber um Genaueres sagen zu können, müssen wir erst das Labor abwarten. Die Blutuntersuchung wird dann auch Aufschluss über ihre Blässe und bereits länger anhaltende Schwäche geben.«

Julia seufzte auf. *Das Leben ist verrückt*, sagte sie sich. *Noch vor knapp einem Jahr war ich eine gute Mutter und liebevolle Ehefrau. Und nun liege ich hier, fernab von meinem alten Leben, und mache mir Vorwürfe, weil ich in meinem Egoismus nicht nur Kai verraten habe, sondern auch die Kinder vernachlässige, nur damit ich mit einem mir fremden Mann …*

Die Bilder mit Álvaro am Strand kamen ihr in den Sinn, wo sie sich ihm voller Leidenschaft hingab. Vaters Standpauke danach hatte ihr vor Augen gehalten, dass er ihre Zügellosigkeit durchschaute. Scham ließ ihr das Blut in den Kopf steigen. Weil sie einen unangenehmen Druck in der Brust verspürte, setzte sie sich ruckartig hoch. Sie fragte sich, ob sie ihre Liebe zu Kai und all die Jahre, von Kindheit an, für das kurze Gefühl der Lust überhaupt eintauschen durfte, ohne für immer ihr Gewissen damit zu belasten. Und noch eine Frage ließ ihr keine Ruhe: Ob es nicht ein Fehler gewesen war, die Briefe, die sie nach Kais Tod in den vielen verweinten Nächten an ihn schrieb, mit der Hoffnung ins Meer geworfen zu haben, sie könne ihn nun mit freiem Herzen betrügen. Sie überlegte kurz, und ihr wurde klar, dass sie nicht Kai, sondern die gemeinsame Liebe zueinander betrogen hatte.

Doch es rührte sich nun Auflehnung in ihr. *Aber wer kann mich jetzt dafür verurteilen? Hat der Pfarrer bei der Trauung nicht gesagt: Bis dass der Tod euch scheidet! Kai ist tot!* Sie hielt in ihren Gedanken inne, um sich gleich darauf zu fragen: *Warum aber fühle ich mich nicht frei? Ist er wirklich tot? Wenn ja, warum ist er ständig in meiner Nähe, in meinem Bewusstsein, als wäre er noch da?*

Nein, sie war nicht frei, das spürte sie mit jeder Faser ihres Seins. Im Gegensatz zu jenem Augenblick, als die Zigarrenkiste weit ab vom Land in die Wellen klatschte, kam sie jetzt zu der Einsicht, übereilt gehandelt zu haben. Ihre Entschlossenheit reute sie plötzlich.

Ein Geräusch schreckte Julia hoch. Für einen Moment war ihr, als hätte sie überdies ein kühler Schatten gestreift. Was war das? Angestrengt schaute sie in das Zwielicht der Nacht. Sie musste lächeln, weil sie für einen Moment an einen Geist dachte. Seit Kais Tod war sie sehr sensibel dafür geworden. Und es war nicht das erste Mal, dass sie von solcher Art Einbildungen genarrt wurde.

Und genau in diesem Augenblick hörte sie ein Fauchen. Ruckartig zog sie die Beine an, dass die Knie ihr Kinn berührten. Im gleichen Augenblick huschte eine Katze dicht an ihr vorüber.

»Puh«, stieß Julia erleichtert hervor. Sie überlegte kurz, ob sie zurück ins Haus gehen sollte, sicher war es schon sehr spät. Außerdem war inzwischen eine leichte Kühle heraufgezogen, womit sie auch den kühlen Schatten erklärte. Aber sie genoss es, unter der unwirklich erscheinenden Himmelsglocke zu liegen, auch wenn sie sich nach dem Zwischenfall mit der Katze jetzt ein wenig vor Schlangen oder gar einem Skorpion fürchtete. Zudem fühlte sie sich im Haus von den Wänden erdrückt.

Sie stand auf und ging zu der Kiste, die unter einem Vorbau am Haus ihren Platz hatte, in der Kissen und Decken untergebracht waren. Sie nahm gleich die Oberste und legte sich wieder hin. Als sie sich zudeckte, achtete sie penibel darauf, dass nur ihr Gesicht darunter hervorkam. Vor allerlei Getier geschützt, wollte sie sich auf dem Nachtlager noch ein wenig entspannen. Umgehend schlief sie ein. Erst als sie eine Hand auf ihrer Schulter spürte, fuhr sie erschrocken hoch. Der Dunkelheit und ihrer

Ermüdung geschuldet, erkannte sie nicht gleich, wer neben ihr stand.

»Was ist mit dir? Warum liegst du mitten in der Nacht hier draußen?«

Es brauchte eine Weile, bis Julia begriff, um wen es sich handelte. Wie ein kleines, verängstigtes Mädchen blickte sie zu ihrem Vater hoch, der sie sehr mürrisch anschaute. Ohne weiter nachzufragen, half er ihr auf und brachte sie ins Haus.

Er war außer sich, in welch desolatem Zustand er seine Tochter wieder einmal vorgefunden hatte. Ohne sie aus den Augen zu lassen wartete er auf eine Erklärung ihrerseits. Als sie von sich aus nicht zu reden anfing, begann er vorwurfsvoll auf sie einzureden, denn er brauchte nicht zu raten, wo sie gewesen war. So hielt er ihr erneut vor, er wäre von Anfang an gegen diese Beziehung gewesen, weil er einen schlechten Einfluss auf sie ausüben würde. Dieser Einfluss habe nun dazu geführt, dass er seine Tochter nicht mehr wiedererkennt. Und der Schuldige an dieser Entfremdung war für Adolf schnell ausgemacht.

»Aus Jana ist jede Fröhlichkeit gewichen, Lars stromert in der Welt herum und du amüsierst dich ständig mit diesem Kerl!«, tönte er. Doch als er sich in Positur setzte, um richtig loszulegen, brach es aus Julia heraus. Dabei war es gar nicht ihre Absicht, sich ins rechte Licht setzen zu wollen, es war mehr ein Selbstgespräch, bei dem ihr Vater zuhören durfte. In ihrem Redeschwall versuchte sie nachdrücklich ihr Tun zu rechtfertigen, dass auch sie einen Anspruch an das Leben habe. Und dass man seine Gefühle für einen anderen Menschen nicht einfach ausschalten könne, wie einen schlechten Liebesfilm.

Obwohl Julia sehr erregt war, konnte man ihr ansehen, wie gut es ihr tat sich gegenüber ihrem Vater von all dem zu befreien, was ihr so schwer auf der Seele lag. Sie ließ nichts von dem aus, und je länger sie redete, desto geduldiger hörte er zu.

Der Morgen graute bereits, als sie vor Erleichterung zu weinen begann. Es war wohl eine Spur von Verständnis, die in ihm aufkeimte. Nachsichtig sagte er: »Leg dich noch etwas hin, Mutter und ich wir werden in der Küche leise sein, um dich nicht zu wecken.«

»Nein, ich gehe zu Jana hoch«, erwiderte Julia entschlossen. »Vielleicht erlaubt sie es ja, dass ich neben ihr liegen darf.«

Die darauffolgende Zeit entwickelte sich sehr schwierig für Julia. Immer wieder kam Zweifel in ihr auf. Sie hatte inzwischen das Gefühl, in eine Klemme geraten zu sein. Zweifel, nur an sich zu denken, hatten sich schließlich in ihr festgesetzt, die ihren Seelenfrieden störten. Auch die häufigen Vorhaltungen ihres Vaters hatten Spuren in ihr hinterlassen. Besonders als ihm vor Kurzem der Kragen platzte und er ihr ein Ultimatum stellte, dass sie sich unverzüglich eine Wohnung suchen müsse, wenn sie ihren ausschweifenden Lebenswandel auf diese Weise weiterführen wolle. »Entweder die

Kinder oder der Kerl«, stellte er klar, »sonst musst du ausziehen, aber Jana und Lars bleiben hier!«

Hin und her gerissen wusste sie nicht, was sie tun sollte, wusste sie keinen Rat. In Álvaro hatte sie doch ihre Zukunft gesehen. Er gab ihr bisher Halt und Liebe. Obwohl auch sie sich immer öfter fragte, ob diese Liaison nicht allein schon wegen des Altersunterschiedes ein einziges Abenteuer wäre. Wenn sie ehrlich zu sich war, dann musste sie zugeben, dass sie ihn ja gar nicht richtig kannte. Wer war er denn? *Würde er mir ganz gehören?* Auch diese Frage stellte sie sich. Offensichtlich war er ein Mann, den auch andere Frauen schon wegen seines Aussehens interessant fanden. Sie sah doch ihre Blicke, wenn sie mit ihm unterwegs war oder wie sie ihn anhimmelten, wenn er am Klavier saß. Doch er beteuerte bei jeder Gelegenheit, nur sie zu lieben. Es fiel ihr unsagbar schwer, eine endgültige Entscheidung zu treffen.

Höhere Macht

Einen Monat nach Adolfs ultimativer Aufforderung, Hannelore war mit den Kindern in Palma shoppen, betrat Julia zögerlich das Wohnzimmer in dem ihr Vater, bequem im Sessel sitzend, Zeitung las. Er wirkte überrascht, als sie sich ihm stillschweigend direkt gegenüber setzte. Überrascht deshalb, weil sie in letzter Zeit versuchten, sich aus dem Weg zu gehen. Die Hände auf dem Schoß gefaltet und die Augen zu den Füßen gerichtet, sah sie wie eine Büßerin aus. Adolf legte bedacht die Zeitung beiseite. Mit verkniffenem Mund schaute er sie prüfend an. Lange konnte sie dem fragenden Blick ihres Vaters nicht standhalten.

„Ich habe mich entschieden Vater", brach es aus ihr heraus. Sie machte eine Pause, als müsse sie sich selbst vergewissern, ob sie es wirklich gesagt hat. Den Kindern zuliebe, klang da schon fast wie ein Kompromiss, den sie mit sich geschlossen hatte. Den Oberkörper weit nach vorn gebeugt, wollte Adolf sichtlich erstaunt wissen: „Zu was hast du dich entschieden?" Ihre Mimik verzog sich zu einem gequälten Lächeln. „Ich werde mich von diesem Kerl, wie du ihn nennst, trennen." Leise, kaum vernehmbar sagte sie es. Sprachlos vernahm Adolf mit offenem Mund das Gehörte. Erleichtert und zugleich innerlich bewegt schien Julia dennoch froh über ihr Bekenntnis zu sein. „Du hast mir mit deinem Ultimatum neulich deutlich genug vorgehalten, dass ich in euren Augen keine gute Mutter bin." Sie seufzte. „Leider lehnen die Kinder ihn ab, vielleicht hätte es sonst eine Möglichkeit gegeben …", hier verstummte sie. Sie spürte wieder diese schmerzliche Zerrissenheit. Schmerzlich deswegen, weil ihre Entscheidung gegen Álvaro sie aus einem süßen Traum gerissen hat, in dem sie ihn schweren Herzens zurücklassen musste.

Beeindruckt ließ Adolf nicht den Blick von ihr. Trotz seiner Freude über ihre Ankündigung ahnte er natürlich, wie schwer seiner Tochter dieser Schritt werden würde. Alleine schon deswegen bedauerte er den Tag, an dem sie diesem Mann begegnete, obwohl er sich auch eingestehen musste, dass sie nach Kais Tod alleine durch ihn wieder ins Leben zurückgefunden hatte. Wegen des jammervollen Bildes, das seine Tochter abgab, wurde seine Miene verständnisvoller. Er erhob sich und küsste ihr aufs Haar. Sie drückte dankbar seine Hand.

„Es wird schon alles gut werden Kind", sagte er bemüht, sie zu trösten. „Mutter und ich werden stets an deiner Seite stehen. Und die Kinder werden … ach was", winkte er ab. „Ich mache jetzt eine Flasche Wein auf und dann werden wir auf bessere Zeiten trinken. Rigoros winkte Julia ab. „Nein Vater, keinen Alkohol, ich brauche jetzt einen klaren Kopf!"

Hannelore, Adolf und den Kindern stand die Enttäuschung ins Gesicht geschrieben, als Julia am Nachmittag des gleichen Tages, entgegen ihres Versprechens Álvaro zu verlassen, hübsch zurechtgemacht vor dem Haus auf ihn wartete. In wenigen Augenblicken würde er sie mit seinem Motorrad abholen, so wie er es immer tat, wenn sie sich verabredeten.

»Das hätte ich nicht von ihr gedacht«, flüsterte Adolf. »Ich habe ihr vertraut, ich bin wieder einmal enttäuscht von ihr.« Hannelore fasste nach seiner Hand und sah ihn traurig an.

Julias Herz schlug ihr vor Aufregung bis zum Hals. Von einem Bein auf das andere tretend, fieberte sie ihm entgegen. Noch bis nach dem Mittagessen hatte sie mit sich gerungen, ob sie tatsächlich diesen entscheidenden Schritt gehen sollte. Bei all dem Ringen um die richtige Lösung hatte ihrer Meinung nach dann doch die Vernunft gesiegt, auch wenn sie für einen Moment irrational glaubte, Kai wäre dabei ihr Ratgeber gewesen.

Álvaro war noch um einiges entfernt, als sie ihn bereits kommen hörte. Das Knattern seines Motorrads war ihr vertraut. Sie hatte sich vorgenommen, ihn bei der Begrüßung im Ungewissen zu lassen, ihn nicht gleich mit ihrer Neuigkeit zu überfallen. Vorher wollte sie noch einmal mit ihm in der kleinen Piano-Bar zusammensitzen. Aber im Grunde war es auch Feigheit, denn es fiel ihr unsagbar schwer, ihm die Wahrheit direkt ins Gesicht zu sagen.

Sie zuckte zusammen, als er fröhlich aussehend vor ihr anhielt. Viel lieber hätte sie es gehabt, wenn er, warum auch immer, mürrisch gewesen wäre, da wäre es ihr sicherlich leichter gefallen, ihm wehzutun. Aber Álvaro war guter Laune. Mit einem Handschlag auf den Sitzplatz forderte er sie auf, sich hinter seinem Rücken auf das Motorrad zu setzen. Sie stieg auf und schlang ihre Arme um seine Brust.

Bevor Álvaro losfuhr, bemerkte er Adolf, der halb hinter der Gardine versteckt oben am Fenster stand. Vielleicht, um ihn zu ärgern, ließ Álvaro den Motor im Standgas lärmen. Dann brauste er laut lachend los. Adolf verzog sich kopfschüttelnd vom Fenster.

Als sie sich nach rasanter Fahrt in der Piano-Bar beim Essen gegenübersaßen, bemerkte Álvaro schnell, wie bedrückt sie war. Mit hochgezogenen Brauen fragte er: »Schmeckt es dir nicht?«

»Doch, doch, es schmeckt wunderbar. Warum fragst du?«

»Ich meine nur, weil du so still bist, so in dich gekehrt. Oder ist dir eine Maus über die Leber gelaufen?« Er sagte es mit ernster Miene.

»Es heißt Laus, nicht Maus«, entgegnete sie ihm. »Ich will aber hoffen, dass der Salat in der Küche gut gewaschen und ohne Laus serviert wurde«, versuchte sie zu scherzen.

Sein Mund verzog sich zu einem Lächeln. Ohne weiter darauf einzugehen, stand er auf und ging zum Tresen. Mit zwei Gläsern in den Händen kam er zurück. Eines davon stellte er ihr mit vielsagendem Blick an ihren Platz.

»Da, trink, er wird dir guttun!«

Jetzt lächelte sie gequält. »Palo?"

»Palo«, bestätigte er. »Ein doppelter!«

»Ach, weißt du, eigentlich wollte ich heute keinen Alkohol trinken«, gab sie zögerlich zu bedenken.

»Alkohol?«, freute er sich nun. »Palo ist kein Alkohol, das ist ein Zaubertrank, mit dem du mich damals gleich bei unserem ersten Treffen verzaubert hast.« Mit einem Strahlen in seinem makellosen Gesicht erhob er sein Glas. »Prost, meine Göttin, auf uns und unsere Liebe!«

Zwischenzeitlich wurden die anderen Gäste auf die beiden aufmerksam. Froh gelaunt erhoben auch sie ihre Gläser und riefen Julia aufmunternd zu: »Prost, Göttin! Auf eure Liebe!«

Die geleerten Gläser knallten sie unter allgemeinem Gelächter und Gejohle auf die Tische. Dem konnte Julia sich nicht entziehen.

In einem Zug trank sie das Glas leer. Umgehend merkte sie, dass es sich wahrhaftig um einen Zaubertrank handelte. Wohlig warm stieg er in ihr hoch, und wie auf ein Abrakadabra hin verschwand der Druck von ihrer Brust. Und als gerufen wurde: »Álvaro, spiel uns ein Lied!«, stimmte sie lauthals mit ein.

Es wurde ein langer Abend, an dem viel getrunken und getanzt wurde. Mit einem Blick auf die Uhr sagte Julia schließlich: »Es wird Zeit, mir ein Taxi zu bestellen.« Insgeheim ärgerte sie sich maßlos darüber, Álvaro nicht früh genug vor vollendete Tatsachen gestellt zu haben. Sie entschuldigte sich selbst damit, weil der Trubel und die Ausgelassenheit, die alleine ihnen beiden gegolten hatte, keine passende Gelegenheit dazu bot.

Kann man denn mit lachenden Augen Abschied für immer nehmen?

Álvaro verhielt sich entrüstet über ihren Wunsch, sich ein Taxi zu bestellen. Direkt zornig wurde er darüber. »Ich habe dich hergebracht und bringe dich auch wieder nach Hause, basta!«

»Besser nicht, Álvaro. Du hast getrunken, und ich möchte nicht, dass du wegen mir Schwierigkeiten bekommst, wenn du von der Policia local oder der Guardia civil kontrolliert wirst", hielt Julia ebenso energisch dagegen.

»Überlass das bitte mir. Die meisten von denen kenne ich persönlich und manche zu gut.« Grinsend drückte er ein Auge zu.

Nein, da half kein Einwand mehr. Sie gab ihm nach. Sollte sie ihm denn einfach so vor den Kopf schmettern und sagen: »Du brauchst mich nicht mehr fahren, ich trenne mich von dir. Es ist aus! Aus und vorbei!« Nein, das brachte sie nicht übers Herz. Aber als eine Art Bedingung bat sie ihn darum, zuvor mit ihr am Meer spazieren zu gehen. Sie hoffte darauf, dass ihm die frische Luft vielleicht genügend Erfrischung gab, damit der Alkohol ein wenig seine Wirkung verlor. Und wer weiß, vielleicht ergab sich ja doch noch die Möglichkeit zu einer vernünftigen Aussprache. Er war einverstanden, und bald schon brachen sie auf.

Sie waren noch nicht lange unterwegs, da hatte sie ihren Vorschlag am Strand entlang zu Laufen bereut, weil es sie mit einem Male fröstelte. Das Wetter war umgeschlagen. Ohne Ankündigung wehte vom Meer her ein scharfer Wind, und es fielen sogar einige Regentropfen, was zu dieser Jahreszeit selten genug vorkam und worüber selbst Álvaro staunte. Das dünne Sommerkleid, das sie trug, war nun völlig unpassend. Unübersehbar begann sie zu zittern.

»Wenn du frierst«, sagte er mit gelassener Miene, »dann hilft nur das!« Und schon begann er sich blitzschnell auszuziehen.

Ihr verschlug es die Sprache, als er splitterfasernackt und breit grinsend vor ihr stand. »Komm!«, rief er, »lass uns schwimmen gehen, im Wasser wird es wärmer sein als hier an der Luft. Und nass werden wir so oder so.«

»Ich werde hier an dieser Stelle nicht nackt baden. Auf keinen Fall.«

Herausfordern spielte er mit seinem Bizeps.

Was hat dieser Kerl nur an sich, dass ich Angst davor habe, wieder schwach zu werden? Sie fühlte sich von ihm dermaßen bedrängt und in die Enge getrieben, dass es selbst für sie unerwartet aus ihr herausschrie: »Es ist aus! Es ist aus!«

Sein überrascht fragender Blick schnürte ihr die Kehle zu. Sie wollte nur noch weg von ihm. Sie wäre in diesem Moment nicht in der Lage gewesen nur ein einziges Wort hervorzubringen. Mit den Schuhen in der Hand rannte sie los. Sie wollte, nein, sie *konnte* ihm auch nicht mehr in die Augen sehen. Da er sich erst wieder anziehen musste, bekam sie einen leichten Vorsprung. Als sie merkte, dass er rasch aufholte und nur noch wenige Meter hinter ihr war, wandte sie ihren Kopf zur Seite und geriet ins Stolpern. Sie verlor den Halt. Der Länge nach lag sie auf dem Bauch, wehrlos und hilflos. Schon spürte sie ihn auf sich liegen. Sein keuchender Atem wehte ihr in den Nacken.

»Sag, dass das nicht wahr ist! Hörst du? Sag, dass das nicht wahr ist! Du kannst mich doch nicht verlassen. Ich liebe dich. Julia … ich liebe dich!«

Von Weinkrämpfen geschüttelt versuchte sie sich aus seinen Armen zu befreien, woraufhin er seinen Widerstand aufgab. Regungslos vor ihr sitzend schaute er schweigend zu, wie sie sich den Sand aus dem tränennassen Gesicht wischte.

»Versteh mich doch«, schluchzte sie. »Ich muss es tun. Schon wegen meiner Kinder muss ich es tun.«

»Deine Kinder?« Er wurde laut. »Was haben die Kinder mit unserer Liebe zu tun?« Álvaro war ehrlich entsetzt. Und als er keine Antwort bekam, wandelte sich seine Enttäuschung in Verbitterung und Härte. Hätte sie in diesem Moment sein Gesicht angeschaut, hätte sie festgestellt, wie er kämpfte, sich zu beherrschen.

Doch dann stand er auf. Im Weggehen sagte er nur, ohne sich umzudrehen: »Komm!«

Unentschlossen, was sie tun sollte, sah sie ihm nach. Doch ihre Unentschlossenheit hielt nicht lange an. Langsamen Schrittes, die Arme baumelnd, als wäre ihre Lebenskraft entwichen, folgte sie ihm. Ihr Kopf war leer, unfähig, rational zu entscheiden. Wie ein kleines Hündchen tippelte sie ihm bis zu seinem Motorrad hinterher.

Es war eine verwegene Fahrt gewesen, bei der unübersehbar die Wut das Lenkrad steuerte. Aber Angst hatte Julia nicht, ihr war alles egal. Der Regen peitschte ihr ins Gesicht, und sie spürte ihn nicht einmal. Sie fühlte sich, als wäre erneut etwas in ihr abgestorben.

In Gedanken vertieft war sie erstaunt, schon angekommen zu sein. Bei laufendem Motor ließ er sie absteigen. Betrübt stellte sie sich vor ihm hin. Zögerlich reichte sie ihm zum Abschied die Hand. Sie hoffte darauf, dass jetzt doch noch irgendetwas geschehen würde, was außerhalb ihrer Vorstellungskraft lag. Aber nichts dergleichen geschah.

Kein Amor flog heran, um seinen Köcher auf sie leer zu schießen. Unbeweglich stand sie da. Und während sie Álvaro unverwandt ins Gesicht schaute, fragte sie sich, ob der Regen seine Augen feucht werden ließ oder ob es tatsächlich Tränen waren.

Er hielt ihrem Blick nicht länger stand. Nein, er reichte ihr auch nicht die Hand. Ohne ein Wort des Abschieds wendete er das Motorrad, und in einer Abgaswolke brauste er los. Mit jedem Meter, den er sich mehr von ihr entfernte, wurde ihr Schmerz größer darüber, ihn nie mehr zu sehen. Wie gerne wäre sie ihm hinterhergerannt, um ihn wieder einmal um Verzeihung zu bitten, aber ihr Verstand war streng mit ihr und sagte rigoros »Nein«.

In der Nacht lag sie noch lange wach. Jetzt, wo sie den ersten Schritt gegangen war, musste sie weitere gehen, um gradlinig dahin zu gelangen, wo sie hinwollte. Zunächst würde sie das Angebot der Versicherungsagentur annehmen. Sie war nicht auf das Geld angewiesen, aber es würde sie zumindest von dem ablenken, was ihr Leben in letzter Zeit mehr beschwerte, als sie sich in ihrem Gefühlswirrwarr zugeben wollte. Auch eine eigene Wohnung schwebte ihr vor, um sich nur noch um Jana und Lars zu kümmern.

Genau mit diesen festen Absichten saß sie am nächsten Morgen mit den Kindern und Hannelore in der Erwartung am Frühstückstisch, dass Adolf endlich mit dem frischen Brot zurückkam.

»Ich weiß gar nicht, wo er so lange bleibt.« In Hannelores Stimme lag Verärgerung.

»Soll ich ihm entgegenlaufen?« Jana wollte die Antwort nicht abwarten und rückte schon den Stuhl vom Tisch.

»Du bleibst sitzen!«, befahl Hannelore.

Lächelnd zuckte Julia mit den Schultern, als Jana sie bittend ansah. »Oma hat recht, du musst dich noch ein wenig schonen. Du willst doch bald wieder schwimmen gehen.«

»Besser nicht«, mischte sich Lars ein. »Denk daran, Schwesterlein, Hai-Alarm auf Mallorca. Auch wenn an dir nichts dran ist, wirst du ein leckerer Snack für ihn sein.« Er zog ein furchterregendes Gesicht und tat so, als wolle er Jana fressen.

»Nun benehmt euch mal«, schimpfte Hannelore.

Jetzt sprang Jana doch auf und rannte los.

»Wo willst du denn hin?«, rief ihr Julia hinterher.

»Ich will Opa entgegenlaufen. Ich glaube, er kommt gerade die Gartentreppe hoch.«

Richtig, kurz darauf erschien sie mit dem Brot.

»Wo hast du Opa denn gelassen?«, wollte Hannelore wissen.

»Er hat gesagt, er käme gleich. Wir sollten ruhig schon anfangen.«

Julia und Hannelore sahen sich ratlos an. »Der Mann wird auch immer sonderbarer«, mokierte sich Hannelore.

Es dauerte eine ganze Weile, bis Adolf eintrat. Alle schauten ihn erwartungsvoll an. Ohne darauf zu reagieren, setzte er sich an den Tisch. Wortlos schüttete er sich Kaffee ein.

»Geht es dir nicht gut?«, fragte Hannelore nun doch besorgt.

»Warum?«, knurrte er.

»Na, weil du wie ausgespuckt aussiehst.«

»Wie ausgespuckt«, prustete Jana los.

»Sei still!« Lars boxte sie in die Seite.

»Nun gebt aber mal Ruhe«, verbat sich Julia diese Zankerei. Sich an Adolf wendend sagte sie: »Was ist, Vater? Mutter hat dich was gefragt. Bekommst du wieder schlecht Luft?« Natürlich war auch ihr nicht entgangen, dass Adolf sich eigenartig verhielt.

Der trank einen Schluck, und weil der Kaffee zu heiß war, verzog er ulkig den Mund, worüber die Geschwister grinsten. Grimmig sagte er zu den Kindern: »Schmiert euch rasch ein Brot, und dann lasst uns doch bitte mal kurz alleine. Euer Kakao wird nachher auch noch warm genug sein. Ich rufe euch dann wieder.«

»Och ne« und »Warum denn?«, maulten sie. Von den Erwachsenen ungeduldig beobachtet, schmierten sie, um Zeit zu schinden, besonders sorgsam Butter und Nutella auf ihre Brote.

»Also, was ist?«, drängte Adolf.

»Ja, ja, wir gehen ja schon.« Lars zog Jana vom Stuhl hoch. Bockig verließen sie die Küche.

Als sie fort waren, meinte Hannelore wissbegierig: »Du machst es aber spannend.«

Adolf atmete tief durch, dann griff er nach Julias Hand. Kleine Schweißperlen standen ihm auf der Stirn. Schließlich begann er sehr leise zu sprechen. »Ich wusste es ja, dass er dir eines Tages sehr weh tun würde, aber an so was habe ich nicht gedacht, mein Kind. Ich habe ihm weiß Gott oft genug die Krätze an den Hals gewünscht, weil ich schon immer davon überzeugt war, dass er dich eines Tages unglücklich machen würde, aber so …« Hier unterbrach sich Adolf.

Reflexartig zog Julia ihre Hand unter seiner weg. Wie erstarrt schien sie durch ihn hindurchzuschauen. Hannelore war es dann, die Adolf entnervt anging. »Was druckst du da herum, nun komm doch endlich zur Sache! Du siehst doch, wie angespannt Julia ist!«

Übertrieben langsam nahm Adolf seine Tasse hoch, und während es so aussah, als würde er sich interessiert den Kaffee darin betrachten, sagte er wie nebenbei: »Er ist verunglückt.«

Stille.

Adolf setzte die Tasse ab. »Die Kurve nicht gekriegt und zack, kerzengerade den Abhang hinunter.« Seine Hand schnellte nach vorne, als beschreibe er damit exakt die Bahn, die das Motorrad genommen habe. Und direkt an Julia gerichtet fuhr er fort: »Es muss wohl passiert sein, kurz nachdem er dich nach Hause gebracht hat. Denn wie gesagt wird, hat es danach ausgesehen, als hätte er schon länger da gelegen, weil seine Kleidung vermutlich noch vom Regenschauer am Vorabend nass war.

Conrad hat es mir erzählt. Touristen haben ihn gar nicht weit von hier in aller Frühe gefunden. Um die Aussicht zu genießen, hätten sie in aller Herrgottsfrühe genau an der Stelle mit ihrem Auto gehalten, wo … na ja, wo er den Abhang hinabgestürzt ist. Zuerst war ihnen das Motorrad aufgefallen, das etliche Meter tiefer auf einem Felsvorsprung lag. Vom Fenster seines Hauses aus hatte Conrad die Aufregung ja mitbekommen, wie er mir erzählte. Polizei, Krankenwagen und all die Leute, die sich inzwischen eingefunden hatten. Hin und her sind sie gerannt. Er ist dann auch sofort los. Als er ankam, hat er ihn noch auf der Trage liegen sehen, den Pianospieler, bevor er in den Krankenwagen geschoben wurde. *Mensch Adolf, ich musste weggucken, kein schöner Anblick, das kannst du mir glauben,* hat er gestöhnt. *Bist du dir auch sicher, dass es der Pianospieler war*, habe ich ihn natürlich gefragt. *So sicher, wie du der Adolf bist*, gab er mir zur Antwort.«

Hannelore schlug die Hände über dem Kopf zusammen. »Das ist ja schrecklich!« Beide schauten mitleidig zu Julia hinüber.

Schneeweiß im Gesicht saß sie immer noch stumm und unbeweglich da. Vielleicht hätte sie sich gar nicht mehr bewegt, hätte Jana nicht die Tür aufgerissen und gerufen: »Wann dürfen wir denn endlich weiter frühstücken?« Da rührte sich etwas in ihr. Wie ferngesteuert erhob sie sich, und ohne ihre verblüffte Tochter zu beachten, verließ sie ebenso mechanisch und schweigend den Raum.

Der Ausblick, der sich Julia vom Balkon der Klinik bot, war einzigartig. Am Horizont teilte sich wie mit einem Lineal gezogen das Hellblau des Himmels vom dunkleren Blau des Meeres. Weiße Segelboote unterbrachen das azurne Einerlei. Rechter Hand, vom Spiel der Wellen besitzergreifend umspült, versank die buckelige Landzunge in der brodelnden Neer. Auf dem Grau der Asphaltstraße, die die Klinik vom Strand trennte, spiegelten sich, vom flirrenden Licht der hochstehenden Sonne beschienen, die Wedel der Palmenallee. Links des Gebäudes führten weiße Kieswege schwungvoll verzweigt durch eine Vielfalt von botanischen Extravaganzen. Allerlei Blütenfarben reckten sich aus sattem Grün empor. Dazwischen lockten Orangenbäume mit ihrem fruchtig süßen Nektar. Auf schattigen Bänken saßen Patienten regungslos in der Mittagshitze und dösten ihrer Genesung entgegen.

Für den Bruchteil eines Augenblicks löste der Anblick Leichtigkeit in Julia aus. Aber sofort verdrängte sie den Gedanken daran. Im Moment konnte sie es nicht ertragen, glücklich zu sein. Seit der Nachricht von Álvaros Unfall waren es der Kummer und die Traurigkeit, die wieder einmal zu ihr gehörten. Sie bestimmten anscheinend, wo sie im Leben hingehörte. Eine Ahnung beschlich sie, dass die Schönheit von Flora und Fauna, überhaupt das Menschsein nur eine betrügerische Maskerade wäre. Immer veränderbar, verwandelbar, mit dem heimtückischen Ziel am Ende dem hässlichen Tod ausgeliefert zu sein. Und sie fragte sich, ob das ganze Leben nicht eine einzige Lüge war. Ein einzigartiges Blendwerk?

In ihre Gedanken hinein hörte sie, wie die Tür zum Sprechzimmer geöffnet wurde. Durch die Scheibe erspähte sie den weißen Kittel des Arztes. *Endlich*, dachte sie. Sie schob das Glas der Balkontrennung zur Seite und trat in den angenehm kühl temperierten Raum. Der Arzt stellte sich mit Doktor Schneidereit vor. Seine durchsichtige Haut war blass, und vom ersten Eindruck her wirkte er zerfahren.

»Verzeihen Sie, wenn ich Sie so lange warten ließ. Aber nehmen Sie doch bitte Platz, Frau Brossmann«, sagte er in akzentfreiem Deutsch. Dabei fuhr sich der junge Mediziner mit der Hand fahrig durch das blonde, kurz geschnittene Haar.

Nervlich angespannt setzte sich Julia vor dessen Schreibtisch auf den bereitstehenden Stuhl. Ganz vorne auf der Kante sitzend wartete sie wie das Kaninchen vor der Schlange, was sie an Schreckensnachricht von ihm zu hören bekäme. Sie wollte endlich wissen, wie es um Álvaro stand.

»Wie geht es ihm, Herr Doktor? Welche Verletzungen hat er?« Den fordernden Blick auf ihn gerichtet, gab sie das Bild einer sehr unglücklichen Frau ab.

Die wässrig blauen Augen des Mediziners blitzten nervös. Von ihm ging Hektik aus. Eine routinierte Hektik, immer zu entscheiden, jederzeit einzugreifen und niemals fehlbar zu sein. Anscheinend überforderte sie ihn.

Er trommelte mit den Fingerspitzen auf der Schreibtischplatte. Ein leichtes Zucken durchfuhr ihn, als sie fragte: »Wird er überleben?«

»Bitte haben Sie Verständnis, ich kann Ihnen zum jetzigen Zeitpunkt noch nichts Genaues sagen. In welchem Verhältnis stehen Sie eigentlich zu Herrn Pérez?«

Von dieser Frage überrascht log Julia, wie es ihr gerade in den Sinn kam: »Er ist mein Verlobter.«

Doktor Schneidereit schaute auf die Uhr. »Es tut mir leid, wenn keine nähere Verwandtschaft mit dem Patienten besteht, dann bin ich nicht befugt, Ihnen Auskunft zu geben.«

»Aber wir wollen heiraten!«, entgegnete ihm Julia aufgebracht.

Für einen Moment sah es so aus, als würde ein Schatten über seinem Gesicht hinwegziehen. »Nun gut, dann so viel: Es ist ernst. Sehr ernst.« Und nach einer kurzen Unterbrechung meinte er: »Alles Weitere liegt in Gottes Hand!«

»Darf ich mit ihm sprechen?«

Jetzt wischte der Arzt mit den Händen über seinen Schreibtisch, als wollte er die Angelegenheit endlich bereinigen. »Das ist nicht möglich, wir haben ihn in ein künstliches Koma legen müssen.« Er hatte es kaum ausgesprochen, da meldete sich sein Piepser. Ein Geräusch, das sich Julia regelrecht in den Kopf bohrte. »Sie sehen, ich meine, Sie hören, ich werde gerufen.« Er sprang auf und reichte Julia über den Schreibtisch hinweg seine feuchte Hand. Bereits in der Tür stehend teilte er ihr nun doch menschlich berührt mit: »Es tut mir leid, Ihnen nicht mehr sagen zu können. Ich wünsche Ihnen alles Gute, Frau …«

Ihren Namen hörte Julia nicht mehr, da war Dr. Schneidereit schon auf dem Flur verschwunden.

Unentschlossen blieb sie vor der Tür mit den angerauten Milchglasscheiben stehen, auf denen der Schriftzug *Intensivstation* stand, der vor unbefugtem Eintreten warnte. Achtung, Sie betreten Grenzland! Niemandsland, an das sich unmittelbar das Jenseits anschließt! Sie konnte, nein, sie wollte es sich nicht vorstellen, dass Álvaro diese Grenze überschreiten würde. Er dürfe es gar nicht, wie sie ganz banal für sich entschied. Er durfte es schon deswegen nicht, weil sie sich dann an seinem Tod schuldig fühlen müsste. Sie hatte gesehen, wie bestürzt er war, als sie die Trennung aussprach. Und wie wütend er danach gewesen war. Das ließ ihn auf der Heimfahrt unvorsichtig werden, wie sie sich einredete. Davon war sie fest überzeugt. Aber möglicherweise machte sie sich auch zu viel Sorgen. Was wusste sie denn über seinen wahren Zustand? Innerlich schimpfte sie über diesen unnahbaren Arzt, von dem sie im Grunde nichts erfahren hatte. Diese Ungewissheit, wie es wirklich um Álvaro stand, ließ sie schier verrückt werden. In diesem Augenblick hörte sie ihre Kopfstimme völlig überraschend fragen, was sie das überhaupt noch anginge. *Ich habe mit ihm Schluss gemacht und der Tag wird kommen, da ich ihn vergessen habe. Also warum? Ist es vielleicht nur menschliches Mitgefühl, wie man es auch hat, wenn ein geliebtes Haustier stirbt?*

Genau zu diesem Zeitpunkt drängte sich ein Paar an ihr vorbei. Sie hielten sich an den Händen fest. Die Frau weinte und hatte ihren Kopf an die Schulter des Mannes gelehnt. Da durchzuckte es Julia wie ein Blitz! Ich liebe ihn! *Álvaro, ich liebe dich!* Beinahe gleichzeitig kam ihr die Idee, unverzüglich Marcos aufzusuchen. Er, der Vater, wusste bestimmt mehr. Ihm würde man keine Information verweigert haben.

Sie eilte am Aufzug vorbei. Etage für Etage hastete sie die Treppenstufen hinab. Entgegenkommende drängten überrascht zur Seite. Verwundert wurde der erhitzten Frau hinterhergeschaut. Einige schüttelten sogar den Kopf und riefen ihr erbost nach. Als die Mechanik der automatischen Ausgangstür die Flügel öffnete, schlug Julia die geballte Mittagshitze entgegen. Im Laufschritt machte sie sich zur Feigenbucht auf.

Marcos saß vor dem Haus auf einer Bank und reparierte Netze. Rechts von ihm hingen, von bunten Fliegen umschwärmt, Fische an einem Seil zum Trocknen in der Sonne, das zwischen zwei Pfählen gespannt war. Erstaunt blickte er von seiner Arbeit hoch, als er die Frau schleppenden Schrittes auf sich zukommen sah.

Sie lief nicht mehr, ihre Kräfte hatten nachgelassen. Ohne ein Wort hervorzubringen, stand sie verschwitzt und nach Luft ringend vor ihm. Der Fischer rückte sich neugierig den Strohhut aus der sonnenverbrannten Stirn. Er erkannte nicht sofort, wer vor ihm stand. Wegen des grellen Sonnenlichts taxierte er Julia mit zusammengekniffenen Lidern. Aber auch Julia fixierte grübelnd ihr Gegenüber. War er es? Dieser scheinbar plötzlich um Jahre gealterte Mann hatte nichts mehr mit dem stattlichen, lebensbejahenden, raubeinigen Kerl zu tun, der sie an jenem Abend so charmant bewirtete.

Er richtete sich ganz langsam auf. Mit nur einem Schritt stand er vor ihr. Sie wusste nicht, wie sie auf seine Nähe reagieren sollte. Seinem zaudernden Verhalten nach zu urteilen wusste auch er nicht, was in diesem Augenblick wohl das Richtige wäre. Doch dann nahm er sie unversehens in die Arme und küsste sie auf die Wange. »Sie sind die Einzige, die ihm jetzt noch helfen kann«, bekam sie zu hören.

Wie er es sagte, erschütterte sie, und glühende Scham befiehl sie. Da stand nun Álvaros Vater vor ihr und setzte so viel Hoffnung in sie, ohne zu wissen, wie weh sie seinem Sohn getan hatte.

»Waren Sie bei ihm?«

Sie schüttelte Kopf. »Sie haben mich nicht zu ihm gelassen.«

»Wollen Sie sich zu mir auf die Bank setzen?«

»Ja«, flüsterte sie.

In Gedanken an Álvaro verbunden saßen sie eine Weile schweigsam nebeneinander. Den Blick auf das Meer gerichtet, fühlte Julia sich unendlich einsam. Sie begriff nun, dass Álvaro nicht überleben würde. Zudem erinnerte sie das Meer daran, dass sie auch Kai endgültig verloren hatte. Weit hinter dem Horizont waren die Insignien ihrer beweisbaren Liebe in einer Holzkiste verschwunden. Nichts von der Vergangenheit konnte sie zurückholen. Hier, neben Marcos, begann ihre Zukunft ohne Álvaro und ohne Kai, das wurde ihr unversehens klar. Darum gab es für sie keinen Grund mehr, Marcos zu gestehen, was vorgefallen war. Geschehen und vorbei! Jedes Fünkchen Hoffnung wäre nicht mehr als ein kurzes Aufleuchten in der Dunkelheit.

Um der quälenden Stille die Kraft zu nehmen, sagte sie: »Im Krankenhaus haben sie mir nicht gesagt, wie es um ihn steht.« Als erwarte sie das Urteil eines Richters, schaute sie ihn mit gesenktem Blick von der Seite an. Hätte er sie direkt angesehen, wäre ihm nicht ihr vor Anspannung verzerrtes Gesicht entgangen. Aber er hielt seinen Kopf geradeaus. Doch plötzlich lag seine verwitterte Fischerhand auf ihrem Schenkel, als suche er Halt bei ihr.

»Ich habe ja auch nicht alles verstanden, was die Ärzte mir gesagt haben«, begann er. »Ich wollte auch nicht alles wissen. Sie sprachen von Polytrauma, was immer das heißen soll. Aber dass er wegen innerer Blutungen am Bauch operiert werden musste, das habe ich verstanden.« Er stockte und nahm seine Hand wieder weg. Vielleicht, um sich abzulenken, fummelte er an dem neben ihm liegenden Netz herum, um es auf eventuelle Risse zu prüfen. Aber Julia war nicht entgangen, dass seine Augen feucht schimmerten. Leise, für sie kaum zu verstehen, hörte sie ihn dann sagen: »Hätte er einen Helm getragen, wären auch seine Kopfverletzungen nicht so schwer.«

Sie hatte keine Zeit, darüber nachzudenken, da brach es aus ihm heraus. »Sie geben ihm wenig

Chancen. Julia … Julia, nur Ihre Liebe kann ihn noch retten!«

Als hätten seine Worte sie in die Enge getrieben, wurde nun auch sie lauter. »Wie soll das gehen? Ich darf ja noch nicht einmal zu ihm.«

»Ich werde dafür sorgen, dass Sie es dürfen! Und dann reden Sie mit ihm. Halten Sie seine Hand, egal ob er Sie versteht oder nicht. Er wird sie spüren. Wenn dadurch nur ein Fünkchen Lebenswillen in ihm geweckt wird, wird er kämpfen. Ich kenne meinen Sohn. Er liebt Sie, das weiß ich!«

In ihrem Kopf drehte sich alles. Keine Minute länger würde sie noch die Kraft aufbringen, vor Marcos ihren inneren Kampf zu führen, ihm endlich ihre Schuld zu bekennen. Ihm, der auf solch bedrängende Art Álvaros Liebe zu ihr zur Bedingung über dessen Schicksal machte. Kurz entschlossen sagte sie: »Ich komme wieder, Marcos. Verzeihen Sie mir, aber ich muss jetzt gehen.«

Noch eine ganze Weile sah er ihr nach, dann setzte er sich wieder auf die Bank und richtete in sich selbst versunken weiter seine Netze.

Wie hatte Dr. Schneidereit gesagt? Alles Weitere liegt in Gotteshand! Ja, das war es! Entschlossen machte sich Julia dorthin auf, wo sie vermutete, Gott anzutreffen. Aber nicht den Gott, den sie als erwachsene Frau mehr oder weniger benutzte, wenn es, wie bei ihrer Hochzeit oder bei der Beisetzung von Kai geschehen, der Tradition entsprach.

Nein, sie wollte zu ihrem ganz persönlichen Gott, den Gott ihrer Kindheit, dem sie damals von ganzem Herzen vertraute, wenn sie in Nöten war, weil sie ihn als ihren Vater im Himmel ansah. Er war es doch, der Blinde sehen machte, der Lahme wieder laufen ließ und sogar Tote zum Leben erweckte, wie gesagt wurde. Er konnte doch nicht zulassen, dass der Tod ihr jetzt auch noch Álvaro nahm. Also musste sie so schnell wie möglich zu ihm. Und wenn sie Glück hatte, dann war er zu Hause in seiner prächtigen Kathedrale der Heiligen Maria.

Sie hastete zur Bushaltestelle. Und je weiter sie vorankam, umso mehr veränderte sich in ihrer Wahrnehmung die Schönheit der Landschaft. All die bunten Farben ringsum, die sie eben noch bewundert hatte, verloren mit einem Male ihren Glanz, als wären sie nun von einem grauen Trauertuch überzogen. Auch die Menschen um sie herum schienen aus ihrer Lebhaftigkeit heraus plötzlich kraftlos zu schleichen, und ihre bleichen Gesichter sahen aus, als wären sie bereits dem Verfall preisgegeben.

Nach knapp einer halben Stunde hatte sie ihr Ziel erreicht. Ein kurzer Fußweg blieb ihr, dann stand sie vor dem gotischen Gebäude, das sich mächtig in den wolkenlosen Himmel erhob. Einen Augenblick verharrte sie zögerlich vor dem Eingangsportal.

Da hörte sie eine Stimme: »*Wenn du diese Tür zur Kirche öffnest, so musst du auch dein Herz von innen öffnen. Denk nur an den Sonnenschein: Wenn Licht in dein Haus soll, musst du zuvor die geschlossenen Läden öffnen.*»*Der Sonnenschein hat noch nie die Läden eines*

Hauses geöffnet, das muss der Bewohner schon selber tun!«

Überrascht schaute sie sich zu allen Seiten um. Woher kam die Stimme?

Als sich ihre Hände um den kupfernen Griff der schweren Eichentür klammerten, kam sie sich tatsächlich wie das kleine Mädchen von einst vor, das wieder an die Erfüllung ihrer Gebete glaubte. Sie trat ein. Angenehm kühl umarmte sie die Stille. Begierig sog sie den Duft von Weihrauch und glimmendem Kerzentalg ein. Die Höhe des steinernen Gewölbes hatte trotz des gedämpften Lichtes etwas Befreiendes. Sie versuchte, leise zu gehen, doch jeder Laut ihrer Schritte bekam auf dem steinernen Boden Hall, der voller Leichtigkeit nach oben in die Kuppel flog. Suchend blickte sie sich um, ob sie auch alleine war. Sie sah niemanden. Offensichtlich fand das Leben draußen statt. Aus dicken Mauern drangen Tonfetzen, Geräusche, Bruchstücke des Belanglosen.

Sie war sehr froh, dass sie unbeobachtet vor Gott treten durfte. Die Arme ausgebreitet empfing *Er* sie am Altar. Mit einer Dornenkrone auf dem Haupt, Arme und Beine mit Nägeln durchbohrt, schaute er nachsichtig vom Kreuz auf sie herab. Augenblicklich, als wäre ein tosendes Meer in ihr gezähmt worden, blickte sie beruhigt und dankbar zu ihm hoch. Am liebsten wäre sie vor Überwältigung auf die Knie gefallen. Aber Ehrfurcht lähmte sie. Dennoch wusste sie sofort, dass er ihr Gebet erhören würde. Ohne ihn aus den Augen zu lassen, betete sie, wie es ihr in den Sinn kam. Doch da wurde sie schroff aufgeschreckt, als sie erneut von irgendwoher angesprochen wurde. »Komm, setz dich zu mir!«

Nein, diesmal war es kein Hirngespinst. Links neben ihr saß, wie aus dem Nichts erschienen, ein etwas zerlumpt wirkender Mann, den sie vorher nicht bemerkt hatte. Der verschlissene, helle Anzug und der zerbeulte Strohhut hatten bestimmt schon bessere Tage erlebt. Das eisgraue Haar, das sein fortgeschrittenes Alter nur erahnen ließ, wellte sich unter der Hutkrempe strähnig auf seine Schultern. Ebenso ließ ihn sein grauer Bart vielleicht älter erscheinen, als er war.

Ein Penner, dachte sich Julia.

»Komm, setz dich neben mich!«, wiederholte er.

Seltsamerweise konnte sich Julia seiner Aufforderung nicht entziehen, auch wenn er sie plump duzte. Sie tat gehorsam, was er sagte. Vom Knacken und Knarren des Gestühls begleitet, zwängte sie sich in die Sitzreihe, und mit gebührendem Abstand ließ sie sich neben ihn nieder. Möglichst unauffällig schielte sie zu ihm hinüber.

Der Blick des Mannes war fest und entschlossen, wie einer, der es gewohnt war, Dinge zu beobachten, nicht neugierig, sondern wissend. Unter den buschigen Brauen funkelten kristallklare Augen mit der Unschuld eines Kindes.

»Rutsch ruhig näher an mich heran, ich beiße nicht.« Sein Lächeln, das mit seiner Stimme harmonierte, zeichnete, während er sprach, feine Fältchen um die Lider, die dem Ausdruck seines Gesichts eine weise, würdevolle Fröhlichkeit verliehen. Sie rückte an ihn heran und wunderte sich darüber, dass er nicht unangenehm roch. Im Gegenteil, so etwas wie ein feiner Rosenduft ging von ihm aus. »Es ist gut, dass du gekommen bist«, flüsterte er. »Ich habe nämlich auf dich gewartet.«

Mit vor Staunen offenem Mund wandte sie sich ihm irritiert zu. »Sie haben auf mich gewartet? Wie kann das sein?«

»Weil hier der Ort ist, wo die Menschen hinkommen, wenn sie in Not sind und in seiner Nähe«, er zeigte mit der Hand zum Kreuz, »Hoffnung und Zuversicht suchen. Ich weiß, dass du in Not bist.«

Fassungslos hing Julia an seinen Lippen.

»Er«, immer noch auf das Kreuz weisend, »hilft, wenn es der Liebe dient!« Den letzten Satz verkündete er lautstark, sodass seine Worte von den Wänden der Kathedrale widerhallten.

Obwohl ihr unheimlich wurde, dachte sie, er habe doch getrunken. Aber als der Alte nach ihrer Hand griff, zog sie diese nicht zurück. Noch nie hatte sie solche Augen gesehen und noch nie solch eine Energie gespürt, wie sie aus seiner Hand strömte. Noch vom Weg hierher erhitzt überkam sie verrückterweise das Verlangen, sich in seine Augen wie in einen klaren, frischen See zu stürzen.

Als würde er ihre Gedanken erraten, beugte er sich vor und küsste sie auf die Stirn. Für einen Moment sah es so aus, als würde er darüber verlegen werden. Räuspernd drehte er seinen Hut zwischen den Fingern.

Überrascht von seinem Kuss beobachtete Julia aufmerksam, was er als Nächstes tun würde. Ohne sie aus den Augen zu lassen legte er dann den Hut beiseite, um hinter seinem Rücken eine rote Rose hervorzuholen, die er ihr mit den Worten überreichte: »Ich soll dir aus der Ferne einen Gruß ausrichten und dir sagen, dass die Briefe und die Rose angekommen sind, die ich dir hiermit als Zeichen seiner Liebe zu dir zurückgebe.«

Bis tief in der Seele erschüttert nahm Julia die Rose mit zittriger Hand entgegen. Wohlwissend, dass es unmöglich war, fragte sie dennoch: »Ist sie wirklich von Kai?«

Ohne ihr darauf eine Antwort zu geben stand der Alte auf. Ihr in die Augen schauend, tätschelte er sanft ihre Wange, und im Weggehen sagte er: »Geh zu ihm, damit er lebt!«

Voller Ratlosigkeit sah sie ihm nach, mit wie viel Würde er den langen Gang durch das Kirchenschiff hin zum Ausgang nahm, bis sich die Tür hinter ihm schloss.

Die Überraschung

»Ich wäre gerne selbst zu ihr gegangen.«

»Welchen Sinn sollte das gehabt haben? Sie kann dich doch nicht sehen. Mir hingegen ist die Macht gegeben, den Menschen in jeder Gestalt Angesicht zu Angesicht zu begegnen.«

»Ich hätte ihr Juju ins Ohr geflüstert, wie ich es früher getan habe.«

»Es ist nicht gut, wenn die Toten den Lebenden Nachricht geben. Wäre es anders, verlöre ich meinen Schrecken, mit dem ich die Lebenden zähme, damit die Ordnung der Welt erhalten bleibt.«

»Davon verstehe ich nichts. Aber du hast gesagt, ich wäre noch nicht für das Totenreich vorbestimmt gewesen, und weil du dich mit mir geirrt hast, wolltest du mich wieder auf die andere Seite hinüberbringen!«

»Ja, das habe ich dir unter der Bedingung versprochen, dass du drüben geliebt wirst. Davon musste ich mich aber erst überzeugen, deshalb bin ich zu ihr gegangen.«

»Und? Werde ich geliebt?«

»Ja und nein.«

»Was heißt ja und nein?«

»Sie liebt dich, indem sie einen anderen liebt, durch den du aber wieder leben wirst.«

»Du lügst, sie wird nie jemanden anders lieben als mich!«

»Bedenke, Kai, du bist für sie gestorben.«

»Aber ich spüre noch immer ihre Liebe zu mir.«

»Darum habe ich diesen Mann für dich ausgesucht. Ihr beide habt einiges gemeinsam, und in ihrer Liebe zu dir sucht sie dich in ihm.«

»Und wie kann ich zu ihr zurückkehren? Wie soll das geschehen?«

»Seine Seele wird bald den leiblichen Körper verlassen, und deine Seele findet dann durch ihn einen neuen Leib.«

»Einen neuen Leib? Ich will meinen Körper wiederhaben! Anders wird sie mich wohl kaum erkennen.«

Ein wenig betreten druckste der Tod: »Das mit deinem Körper wird sicherlich nicht mehr möglich sein, wie du dir denken kannst. Trotzdem solltest du mit meinem Angebot zufrieden sein. Denn dadurch wirst du auf einen Schlag zwanzig Jahre jünger werden.«

»Was, zwanzig Jahre? So jung ist er noch? Und er muss schon sterben, damit ich leben darf?«

»Nein, nicht wegen dir muss er sterben, seine Zeit auf Erden ist ohnehin abgelaufen. Aber mehr kann und will ich dir dazu nicht sagen. Ich ernte lediglich die Seelen, und Seelen kennen kein Alter. Allerdings musst du dich damit abfinden, dass sein Körper all die Attribute behält, die ihn zeitlebens ausgemacht haben.«

»Attribute, was soll das nun wieder heißen?«

»Das soll heißen, dass seine Eigenschaften und Fähigkeiten erhalten bleiben, wie es sich sein Körper im Laufe seines Lebens erworben hat. Und weil sich neben seinem äußeren Erscheinungsbild auch sein Charakter nicht wesentlich verändert, wird jeder glauben, Álvaro würde leben. Auch Julia wird zu anfangs denken, Álvaro wäre aus dem Koma erwacht. Erst ihre Liebe zu dir wird ihr eines Tages die Augen öffnen. Es werden Kleinigkeiten sein, an denen sie erkennen wird, dass du in Álvaros Körper lebst.«

Das Piepsen und Zischen etlicher Gerätschaften, mit denen Álvaro durch Schläuche und Kabel verbunden war, weckte in Julia den Gedanken, dass es Kai nach seinem Unfall Gott sei Dank erspart geblieben war, so unmenschlich vor sich hinzuvegetieren, als sie zusammenzuckte. »Sieh doch, Marcos, seine Augenlider haben sich bewegt. Sollen wir dem Arzt Bescheid sagen? Vielleicht wacht er ja auf.«

Um sie zu beruhigen, hielt Marcos ihre Hand. »Die Ärzte haben wenig Hoffnung, dass er noch einmal aufwacht«, sagte er tonlos. »Die Hirnquetschung war schwerwiegend, und sie befürchten, wenn nicht doch noch ein Wunder eintritt, seinen Hirntod.« Um Haltung bemüht gestand er ihr dann im Flüsterton, dass man ihn sogar schon gefragt habe, ob er in diesem Fall seinen Sohn als Organspender freigeben würde.

Darüber erschrak Julia. Sichtlich erschüttert sah sie ihn an.

»Natürlich habe ich Nein gesagt. Der Mensch ist doch mehr als Organe. Außerdem ist ein Hirntoter nicht tot, sondern ein Sterbender, der für die Spende rücksichtslos ausgenommen wird. Das ist meine absolute Meinung. Aufgeschnitten und ausgenommen …« Marcos zischte verächtlich, »ausgenommen, wie ich es bei meinen Fischen tue. Nein, das werde ich nicht zulassen! Wenn es tatsächlich so weit kommen sollte, wie die Ärzte befürchten, wird mein Sohn die Erde als Mensch verlassen und nicht als Ersatzteillager. Das bin ich ihm, aber auch mir schuldig! Adora würde sich im Grab umdrehen, wenn ich es zuließe.« Marcos war wütend geworden. »Schau ihn dir doch an, Julia, er liegt da, als würde er schlafen. Seine Haut ist durchblutet, sein Herz schlägt, sein Körper scheidet aus. Will man da sagen, er wäre tot? Nein, nein und nochmals nein, hörst du … Gott wird ihn aufwecken!«

Seine letzten Worte gerieten ihm so laut, dass die Schwester im Nebenraum durch die große Glasscheibe aufmerksam wurde. Gleich darauf steckte sie den Kopf zur Tür herein. Mit einem abwechselnden Blick auf die Geräte und den Patienten fragte sie in den Raum hinein: »Ist bei Ihnen alles in Ordnung?«

Besorgt, Marcos könne wegen dieser Frage vollends aus der Haut fahren, sagte Julia rasch, indem sie ihn leicht mit dem Ellenbogen anstieß: »Ich war aufgeregt, weil er seine Augenlider bewegt hat.«

Dabei zeigte sie mit dem Finger auf das Bett.

»Ach so«, murmelte die Schwester etwas genervt, »das sind Reflexe.« Dennoch nahm sie den Monitor genauer in Augenschein, weil der plötzlich eine erhöhte Pulsfrequenz anzeigte. Man sah ihr an, wie erstaunt sie darüber war. Umgehend verschwand sie.

Julias gequältes Lächeln beruhigte Marcos wieder ein wenig. Sie hatte den Eindruck, seine dunkelgeränderten Augen würden ihr gegenüber Dankbarkeit ausdrücken, dass sie an seiner Seite war. Erst jetzt fiel ihr auf, dass er sie geduzt hatte.

Als trage er eine große Last auf seinen Schultern, ging er vorgebeugt zu seinem Sohn ans Bett. Julia folgte ihm. Marcos streichelte Álvaros Hand. Sie war von seiner Geste gerührt. »Schau ihn dir an, Julia«, hatte er vorhin zu ihr gesagt, und jetzt schaute Julia Álvaro an. Den Mann, von dem sie sich trennen wollte, obwohl sie ihn liebte, weil sie Rücksicht auf ihre Familie zu nehmen hatte, wie sie glaubte. Wie verändert sein Gesicht aussieht, stellte sie bestürzt fest. Als wäre er in den wenigen Tagen gealtert. Es waren nicht nur seine eingefallenen, blassen, bartstoppeligen Wangen, die seine Jugendlichkeit auf diese Weise überdeckten. Man hatte ihn am Morgen nicht rasiert und sein langes schwarzes Haar nicht gekämmt, das lag zerwühlt auf dem Kissen, dadurch bekam sein Aussehen zudem etwas Wildes.

Versonnen ruhte ihr Blick auf seinem Mund. Es war noch nicht lange her, da sie sich nach seinen Lippen gesehnt hat. Jetzt umschlossen sie einen Schlauch, unfähig, durch einen Kuss Liebe zu beweisen. Aber mussten sie jetzt, in diesem Zustand noch Liebe beweisen? Wenn er wirklich stirbt, an wen würde ich in Liebe denken?, fragte sie sich. Welchen Platz nähme Álvaro neben Kai ein?

Während Julia und Marcos an Álvaros Bett stehend ihren Gedanken nachgingen, fühlte sich sein Körper auf einmal kraftlos an, und ihm war, als würde er aus dem Bett gehoben, bis er, wie mit einem unsichtbaren Band mit dem Körper verbunden, als Geist über sich schwebte.

Es lag wohl an den Schläuchen, durch die Flüssigkeit in seine Adern floss, die ihn noch mit Gewalt im Bett festhielten. Von der Decke des Krankenzimmers konnte er alles überblicken, was unter ihm geschah. Es ängstigte ihn. Am liebsten wäre er wie ein Vogel auf und davon geflogen. Aber eine Woge von Mitleid überkam ihn, als er sah, wie Julia sich weinend über ihn beugte. So laut er auch ihren Namen schrie, sie hörte ihn nicht. Ihre Hände streichelten seine Wangen. Wie gerne hätte er sie tröstend in die Arme genommen. Doch nicht nur Julia bekümmerte ihn, auch wegen Vater empfand er Schmerz, der in diesem Moment, die Hände auf sein Gesicht gepresst, auf dem Stuhl zusammenbrach. Irgendetwas Schreckliches musste passiert sein, als er seinen Körper verließ.

Eine ihm unbekannte Frau in Schwesterntracht lief herbei, die sich hektisch an den Apparaten zu schaffen machte. Dann eilte sie aus dem Zimmer. Eine Ahnung beschlich ihn. Er würde sterben. Seine Arme und Beine wurden immer kälter. Plötzlich war er sich sicher, auch wenn er jetzt, wohin auch immer, gehen musste, er würde seinen Vater und Julia irgendwann einmal wiedersehen. Er würde nur vorausgehen. Staunend nahm er wahr, mit wie viel Licht sich nun der Raum füllte. Geduldig wartete er darauf, dass die Helligkeit ihn völlig blendete, als aus dem hellen Glanz zwei schemenhafte Gestalten auf ihn zugeschritten kamen. Wie glücklich war er darüber, dass er von einem der beiden Antwort auf seine Frage Wer seid ihr? bekam, ohne sich darüber zu wundern, dass sie ihn verstanden.

»Ich bin der Tod«, sagte die Stimme. Warm und vertrauenserweckend klang sie.

»Du kommst zu mir, habe ich recht?« Álvaro war froh, endlich die Fesseln loszuwerden, mit denen er am Bett gefesselt war.

»Ja, ich komme zu dir«, antwortete ihm der Tod. »Aber für mich gibt es eine Grenze, die ich als Feind des Lebens nicht überschreiten darf. Darum schicke ich dir jetzt meine Begleitung, er wird sich deiner annehmen.« An Kai gerichtet befahl der Tod: »Es ist so weit. Gehe los und umarme ihn. Übernimm das himmlische Silberband, das ihn noch mit der hiesigen Welt verbindet.«

Kai strahlte vor Glück, als er sich mit einem Auf Wiedersehen vom Tod verabschiedete. »Dessen kannst du dir sicher sein«, lachte der. Doch darauf achtete Kai nicht mehr. Mutig ging er voran.

Im Aufleuchten einer mächtigen Lichtquelle umarmte er Álvaro, und dabei war ihm, als würde er ihn seit Ewigkeiten kennen. Begleitet von einem gewaltigen Brausen verschmolzen sie augenblicklich zu einem gemeinsamen Glanz, und so, als würden sie mit übermenschlicher Energie von dem Mund des leblos im Bett liegenden Körpers eingesogen, verschwanden sie und der Tod, wo sie sich eben noch aufhielten.

Unter der Ärzteschaft sprach man tatsächlich von einem Wunder. Ja, war es denn nicht wirklich ein Wunder, wenn ein Totgeglaubter die Augen wieder öffnete? In diesem unerwarteten Augenblick gab es eine große Aufregung an Álvaros Bett, da er genau zu dem Zeitpunkt in die Gesichter an seinem Bett blinzelte, als vonseiten der Ärzte das Wort Exitus ausgesprochen wurde und sie sich dazu entschlossen, die Geräte abzustellen. Davon war nicht mehr die Rede. Aber sie konnten es selbst nicht glauben, was gerade geschah. Staunend beobachteten sie die Rückkehr des Todgeweihten. Spontan applaudierten sie, und Julia schickte ein Dankgebet in den Himmel, in das Marcos freudig ergriffen einstimmte.

Leider wurde die anfängliche Freude über Álvaros Erwachen dadurch getrübt, weil er niemanden erkannte. Auch später konnte er die Menschen nicht in sein wiedergefundenes Leben einordnen, wenn Marcos oder Julia ihn auf die gemeinsame Vergangenheit ansprachen. Als sich sein Erinnerungsverlust trotz körperlicher Genesung auch nach Monaten nicht besserte, versuchten die Ärzte, Julia und Marcos mit der Hoffnung zu trösten, dass es selbst nach einer so langen Zeit Fälle gäbe, wo bei dieser Form der retrograden Amnesie die Erinnerungsfähigkeit doch noch wiederkehren könnte.

Darum versuchten die beiden alles, um seine vielleicht nur schlummernden Erinnerungen durch einen möglichst normalen Alltag zu wecken. Einen Alltag, wie er vor seinem Unfall zu seinem Leben gehörte.

Julia war stets an seiner Seite. Immer seltener verließ sie das Fischerhaus. Die Worte der Trennung, die sie einst ausgesprochen hatte, waren längst aus ihrem Kopf verbannt. In seiner Nähe flatterten inzwischen wieder Schmetterlinge in ihrem Bauch, wie sie es damals taten, als sie sich vor langer Zeit ihre Liebe zu Kai eingestand. Und dabei empfand sie auch keinen Widerspruch, wenn sie Álvaro bewusst oder unbewusst mit Kai verglich. Dabei wäre ihr nie der Gedanke gekommen, zwei Männer zu lieben. Für sie war es eine einzige Liebe. Aber dennoch wurde es für sie kein einfacher Weg, den ihr diese Liebe im Herzen vorgab. Die Schwierigkeiten begannen bereits damit, dass es am Tag seiner Entlassung aus dem Krankenhaus einige Überredungskünste bedurfte, damit Álvaro ihnen folgte.

»Wer sind Sie? Wohin wollen Sie mich bringen?«, war seine Reaktion gewesen. Um ihn nicht noch mehr zu verunsichern, wusste Julia ihm nicht gleich darauf zu antworten. Hilflos vor ihm stehend forschte sie verzweifelt in seinen Augen nach einer Regung, aus der sie Vertrautes hätte herauslesen können. Aber in seinem leeren Blick fehlte das Feuer, dass sie von früher her kannte, wenn er sie ansah.

Einen weiteren herben Rückschlag erlebten Julia und Marcos, als sie ihn nach langem Bitten endlich nach Hause brachten. Teilnahmslos und mit einer gewissen Scheuheit betrat er das kleine Fischerhaus. Wortlos durchquerte er die Räume wie jemand, der zum ersten Mal darin Gast sein durfte. Selbst als Marcos ihm freudestrahlend das Foto seiner Mutter vor Augen hielt, zuckte Álvaro nur gleichgültig mit den Schultern.

»Es wird schon, mein Sohn, wir alle müssen nur fest daran glauben.« Kummer schwang in Marcos Worten mit.

Auch in der darauffolgenden Zeit besserte sich Álvaros Befinden nicht, obwohl Julia sich rührend um ihn kümmerte. Behutsam erzählte sie ihm von ihren gemeinsamen Erlebnissen. Er hörte aufmerksam zu, aber er verstand nicht. Deshalb verliefen ihre Spaziergänge mehr und mehr schweigsam. Stundenlang liefen sie in der Gegend herum, nur um sich einander anzunähern. Sehr traurig wurde Julia, wenn Álvaro sie anschaute, als hätte er sich in dieser Welt verirrt. An einem Abend, an dem sich ein besonders romantischer Sonnenuntergang ankündigte, führte sie ihn an jene Stelle des Strandes, an der sie sich ihm zum ersten Mal in Leidenschaft hingegeben hatte. Sie zeigte auf die Reste einer Feuerstelle, ohne dass er darauf reagierte. »Wollen wir ein wenig hierbleiben?«, fragte sie.

Worauf er antwortete: »Warum nicht.«

Wie ein Fremder saß er anschließend wortkarg neben ihr auf einem Stein, um den Wellen zu lauschen, die in gleichmäßigem Rhythmus an den Strand spülten, als würde das Meer atmen. In ihrer Traurigkeit kam ihr jener Abend in den Sinn. Am liebsten hätte sie auch jetzt nackt vor ihm getanzt, um sich dann, wie damals, mit spitzem Schrei rücklings in den Sand zu werfen, damit er endlich erkannte, wie nah sie sich einmal waren. Nichts dergleichen geschah. Er schien noch nicht einmal zu bemerken, wie attraktiv sie war.

Warum mit seinen Reizen geizen, sagte sie sich. Ihm einen Seitenblick zuwerfend, straffte sie mit beiden Händen ihr enges Oberteil, als müsse sie lästige Falten im Stoff glätten. Unbeeindruckt von ihren Rundungen schaute er weg. Seinem Verhalten nach zu urteilen, bemerkte er noch nicht einmal, wie schön das sanfte Abendlicht ihre Gesichtszüge malte. Trotz ihrer Enttäuschung gab sie das Bild einer Madonna ab, so wie sie nur ein einzigartiger Maler zu malen versteht. Und die letzten Strahlen der untergehenden Sonne, die sich in ihrem tizianroten Haar verfingen, das ihr auf die nackten Schultern fiel, bildeten den Rahmen.

Doch als wie aus dem Nichts ein herumstreunender Köter herangehetzt kam und durch aufdringliches Bellen und aufgeregtes Schnuppern ihre abgeschiedene Stille durchbrach, sagte sie aus ihren Träumereien gerissen: »Ich möchte gehen, mir wird kalt!«

Immer öfter sann Julia darüber nach, wie sie sich zukünftig verhalten sollte, wenn Álvaro nie mehr der werden würde, der er einmal war. Gefühlsmäßig steckte sie nicht nur wegen ihm in einer Zwickmühle. Der Graben zwischen ihr und ihrer Familie wurde emotional immer tiefer, wie sie empfand. Jana und Lars zeigten ihr gegenüber offen, dass sie nicht mehr länger damit einverstanden waren, ihre Mutter mit wem auch immer zu teilen. Widerworte gebend und mit aufsässigem Verhalten rebellierten sie bei jeder sich bietenden Gelegenheit.

Eines Mittags, als Julia, was selten genug geschah, mit der Familie am Mittagstisch saß, schlug sie den beiden vor, ihnen den Mann persönlich vorzustellen, den sie so vehement ablehnten.

»Der Zombie kann mir gestohlen bleiben!«, schrie Lars wütend. Der leere Teller fiel scheppernd zu Boden, als er im Wegrennen die Tischdecke mitriss. Auch Julia schnellte vom Stuhl hoch. Aufgebracht wollte sie ihm nach, doch Adolf hielt sie am Arm fest.

»Lass ihn!«, mahnte er.

Den Mund verbissen zugekniffen, sah sie ihren Vater unentschlossen an, als sie im Ausdruck seines Gesichtes ihr Fehlverhalten erkannte. Noch nie hatten ihre Kinder ein böses Wort von ihr gehört. Sie sah zu den Scherben zu ihren Füßen, und sie schwor sich augenblicklich, dass sich endgültig etwas ändern musste, damit sie ihre Kinder nicht auch noch verlor. Und während sie unter den Blicken der anderen überlegte, wie das gelingen sollte, sagte Jana völlig überraschend: »Ich möchte ihn sehen.«

Ihre Worte waren für Julia wie ein Weckruf. Glücklich lächelnd drückte Julia sie an ihre Brust. »Ich danke dir, mein Schatz.«

Als Jana das urige Fischerhaus sah, vor dem Marcos auf sie wartete, war sie schon sehr darauf gespannt, den Mann kennenzulernen, mit dem Mutter so viel Zeit verbrachte. Allerdings war sie insgeheim auch neugierig darauf, jemandem zu begegnen, der kein Gedächtnis mehr hatte, wie sie von Mutter wusste. Außerdem wollte sie unbedingt wissen, ob es wirklich ein Zombie war, wie Lars behauptete.

Marcos begrüßte sie sehr freundlich, und sogleich vertraute sie dem Mann mit den gütigen Augen unter den buschigen Brauen, dessen Falten im Gesicht aussahen, als hätte sich die lachende Sonne darin verewigt. Als sie hinter ihrer Mutter und Marcos die Treppe hochstieg, wurde ihr dann aber doch ein wenig mulmig zumute. Oben auf der Terrasse spähte sie vorsichtig an einem prächtigen Olivenbaum vorbei, der direkt neben der obersten Stufe in einem Kübel wuchs. Ihre Augen wurden groß, und kurz hielt sie den Atem an. Das muss er sein, dachte sie, als sich der Mann langsam aus dem Korbsessel erhob. Nein, nach einem Zombie sah der schlanke Hüne mit dem langen schwarzen Haar nun wirklich nicht aus. Wie sie in gebührendem Abstand zudem erkennen konnte, hatte er in seinem sonnengebräunten Gesicht die gleichen gutmütig strahlenden Augen wie sein Vater.

Hinter Marcos versteckt beobachtete sie gedankenversunken, wie liebevoll Mutter ihn umarmte. Sie erschrak heftig, als Mutter sagte: »Das ist meine Tochter.« Im ersten Moment wollte Jana davonlaufen, als Álvaro auf sie zukam. Aber etwas in ihr hinderte sie daran. Von Julia aufmerksam beobachtet, gab Álvaro ihr die Hand. Julia entging nicht, wie eine Veränderung in Álvaro vorging. Es war vor allem dieser grübelnde Ausdruck in seiner Mimik, als er Jana ansah. Auch Jana benahm sich anders, als Julia es von ihr erwartet hatte. Auge in Auge schienen sich die beiden auszuforschen, bis Álvaro sich zu ihr hinunterbeugte und sie liebevoll aufs Haar küsste.

»Ich freue mich, dich endlich zu sehen«, sagte er mit warmer Stimme.

Janas Befangenheit verschwand, und ihr Gesicht hellte sich auf. Beinahe sah es so aus, als wolle sie seine Hand gar nicht mehr loslassen. Wegen der Innigkeit der Begrüßung hätte ein Außenstehender meinen können, dass sich hier zwei Menschen begegnet waren, die das Schicksal wieder zusammengeführt hatte.

Die Wendung

Am frühen Nachmittag verließ Marcos froh gelaunt sein Haus. Nach langer Zeit wollte er wieder einmal in der Nachbarschaft mit seinen alten Freunden Petanque spielen. Ein Spiel, bei dem Kugeln möglichst nah an eine Zielkugel geworfen werden. Seit Marcos zurückdenken konnte, war er von diesem Spiel begeistert. Die Freude daran hatte auch im Alter nicht nachgelassen, vor allem, weil es bei Zigarre und Wein immer viel und aufgeregt zu erzählen gab.

Aber diesmal war es nicht nur der Spieldrang, der ihn heiter ziehen ließ. »Macht euch eine schöne Zeit!« Mit diesen Worten verabschiedete er sich mit einem Augenzwinkern bei Julia. Sie verstand sofort, und seufzend lächelte sie ihn an. Einmal muss es ja geschehen, dachte sie. Trotz seines Handicaps war Álvaro ein richtiger Mann, und sie wusste, es lag an ihr, endlich die Initiative zu ergreifen. Alleine im Haus ergab sich nicht nur die Gelegenheit, mit dem Mann zu schlafen, den sie von ganzem Herzen liebte, sondern irgendwie war er ja auch ein Fremder, den sie erst verführen musste. Kann ich das überhaupt noch?

Als sie nackt vor dem großen Spiegel im Schlafzimmer stand, betrachtete sie sich minutenlang so kritisch, als suche sie wegen ihres Alters nach einem noch so kleinen Makel. Schließlich griff sie dann doch zufrieden nach eines von Álvaros T-Shirts und zog es sich mit erhitzten Wangen über, um sich ihm in dieser legeren Aufmachung zu zeigen. Es bedurfte ihrerseits nur wenig Verführungskunst. Ohne viele Worte zu machen, trug er sie zu seinem Bett. Als sie sich wieder aus seinen Armen löste, hätte sie nicht sagen können, wie viel Zeit inzwischen vergangen war. Es war ihr auch egal. Ihr wäre es auch egal gewesen, wenn Marcos zwischenzeitlich zurückgekommen wäre. Klar hätte er sofort verstanden, was geschehen war, so verschwitzt und erschöpft sie aussah.

Nun aber saßen sie vor dem Haus auf der Bank. Ihr Glas hochhaltend beobachtete Julia verzückt, wie die Sonne funkelnd im roten Wein ertrank. Glücklich wie lange nicht mehr genoss sie nicht nur das schwere, berauschende Getränk. In diesem Augenblick hätte sie die ganze Welt umarmen können. Noch vor wenigen Augenblicken hatte sie in seinen Armen, alles um sich herum vergessen. Haut auf Haut liegend, hätte sie ihn am liebsten nie mehr losgelassen.

Sie trank einen Schluck, dann fragte sie, den Blick aufs Meer gerichtet: »War es für dich so schön, wie es für mich war?« Als sie keine Antwort bekam, schaute sie zu ihm hinüber. Sie erschrak. Álvaro weinte stille Tränen. Ja, er weinte tatsächlich!

Völlig verwirrt riss es sie hoch. »Liebling, was ist mit dir?« Sie kniete sich vor ihm nieder, wobei sie seine Hände packte, als würde sie befürchten, ihn zu verlieren.

»Es ist schon gut.« Es klang wie eine Entschuldigung.

»Du kannst mir doch alles sagen«, drang sie auf ihn ein.

»Was soll ich dir denn alles sagen?« Seine Stimmung schwang um. »Nichts gibt es zu sagen. Ich weiß ja noch nicht einmal, wer ich bin.«

»Wer du bist?«, fragte Julia zurück. »Du bist ein wunderbarer Mann, der mich vorhin sehr glücklich gemacht hat.«

»Eine Maschine war ich. Nicht mehr als eine menschliche Maschine!«

Von seinem lauten Ausbruch verblüfft, zuckte ihr Oberkörper zurück. »Ich liebe dich!«

Nun schaute er sie durchdringend an.

»Hörst du«, wiederholte sie, »ich liebe dich.«

Betrübt blickte er zu Boden. »Ich würde alles dafür geben, das auch zu dir sagen zu können, Julia. Aber um das von Herzen sagen zu können, müsste ich erst wissen, wer ich bin. Und dass ich es jetzt noch nicht kann, tut mir sehr weh. Du bist eine wundervolle Frau, und das sage ich dir nicht, weil das, was wir eben zusammen erlebt haben, mich ein stückweit wieder ins Leben geholt hat. Ich sage dir eins, ehrlich und von ganzem Herzen: Wenn ich je eines Tages mit meinem ganzen Ich, mit meiner ganzen Seele lieben kann, dann wirst du es sein. Gib uns noch etwas Zeit. Weißt du, es gibt da einen Zwiespalt in mir, mit dem ich erst klarkommen muss. Manchmal überkommt mich so eine kuriose Ahnung, nicht hierher zu gehören, nicht an diesen Platz. Vielleicht kennst du ja auch das Gefühl, zu einer anderen Zeit woanders schon einmal gelebt zu haben. Bitte lach nicht über mich, aber als ich deine Tochter sah, wurde mir ganz seltsam zumute, weil ich plötzlich so empfand, als würde ich sie von irgendwoher kennen, was nichts mit diesem Ort zu tun hat.« Er winkte verzweifelt ab. »Ach, es ist alles verrückt.«

Julia hörte ihm aufmerksam zu, und mit jedem Wort, das er sprach, litt sie mit ihm. Aber ihr fehlten auf der Schnelle tröstende Worte. In letzter Zeit hatte sie doch schon alles versucht, um seinen Erinnerungen auf die Sprünge zu helfen. Alles ... wirklich alles? Eine Idee schoss ihr in den Kopf, und ebenso schnell zog sie an seinem Arm. »Los, los, steh auf, ich möchte dir etwas zeigen!«

»Was ist denn«, maulte er. »Ich will nicht, lass mich hier sitzen.«

Aber Julia gab nicht nach. »Komm, es ist wichtig. Mach dich frisch und zieh dir was Flottes an. Ich werde mich auch rasch aufhübschen.«

»Ich habe aber keine Lust!«

Breitbeinig, die Fäuste in die Hüften gestemmt, stellte sie sich mit gespielt zornigem Gesicht vor ihn hin. »Du brauchst mir nicht zu sagen, dass du mich liebst, das verlange ich gar nicht, aber wenn du jetzt tust, was ich möchte, wäre es für mich so, als würdest du es sagen.« Ungeduldig mit dem Fuß wippend wartete sie auf seine Reaktion.

Álvaro verdrehte spaßig die Augen. »Und was willst du mir zeigen?«

»Sag ich nicht, es soll eine Überraschung sein.«

Wieder verdrehte er die Augen. »Ist mein jetziges Leben nicht Überraschung genug?« Ohne eine Antwort abzuwarten, schlug er sich auf die Schenkel. »Also gut, dann lass ich mich eben überraschen.«

Je näher Julia ihrem Ziel kam, umso aufgeregter wurde sie. Álvaro hingegen trabte mürrisch neben ihr her. Ihn störten die lebensfrohen Menschen, die ihnen unterwegs begegneten. Laut und lustig ging es um ihn herum zu. Das aufdringliche Lachen und die ungehemmte Ausgelassenheit der Leute irritierten ihn. Immer wieder musste Julia ihn beschwichtigen.

»Wir sind gleich da, nur noch ein kleines Stück.« Sie atmete tief durch, als sie endlich vor der kleinen Piano-Bar standen. Álvaro sah sie fragend an. »Was willst du hier? Ist das etwa deine Überraschung?«

Sie schmiegte sich zärtlich an ihn. »Ja, Liebling, das wird meine Überraschung.« Doch heimlich hörte sie ihre innere Stimme sagen, hoffentlich. In ihrem Kopf wirbelten die Gedanken durcheinander. Wird er sich erinnern, wenn wir die Bar betreten?

Als sie die Tür öffnete, hielt sie noch einen Moment inne. In ihrer Erinnerung war es, als wäre es gestern gewesen, wo sie wegen der Musik zum ersten Mal durch diese Tür ging, um aus Neugierde nachzusehen, wer so schön Klavier spielte. Alvaro saß dort, und sie war nicht nur von seinem Spiel gebannt. Sofort fühlte sie sich zu ihm hingezogen, das wurde ihr nun wieder deutlich. Aber auch auf ihn hatte die erste Begegnung einen starken Eindruck hinterlassen, wie sie wusste. Vielleicht löste dieser Eindruck jetzt den Knoten in seinem Kopf. Das jedenfalls wünschte sie sich.

Sie gab sich einen Ruck. Álvaro hinter sich herziehend ging sie zielstrebig voraus. Das Lokal war gut besucht. Grüppchen hatten sich am Tresen gebildet. Es wurde gelacht und laut durcheinandergeredet. An den Tischen saßen einige Pärchen. Spanische Folklore dudelte aus einem Lautsprecher, der über der Theke an der Wand hing.

Kaum gewahrte der Barkeeper die neuen Gäste, da rief er, dass alle es hören konnten: »Hey Álvaro, der Himmel schickt dich.« Die Hände hoch erhoben verfiel seine Stimme in einen klagenden Ton. »Meine Gebete wurden erhört, Mama Mia.« Umgehend eilte er auf Álvaro zu, und während sich seine Arme um den verdatterten Álvaro schlangen, drückte er ihm eine Salve von Küssen auf beide Wangen. Von dem Spektakel aufmerksam geworden, gerieten jetzt auch die Gäste in Begeisterung.

»Er ist wieder da!«, riefen sie Beifall klatschend.

Julia war erstaunt. Damit hatte sie nicht gerechnet.

Sprachlos nahm Álvaro das Schulterklopfen hin. Davon innerlich bewegt, führte Julia ihn zu jenem Platz neben dem Klavier, an dem sie vor fast einer Ewigkeit ihr neues Leben mit ihm begonnen hatte. Sie bat ihn, sich zu setzen.

Von seinem Platz aus forschten seine Augen jeden Winkel im Raum aus. Erst als sich die Aufregung um ihn wieder gelegt hatte, fragte er erstaunt: »Wer sind diese Leute, was wollen sie von mir?«

»Die meisten davon sind deine Freunde.«

Irritiert schüttelte er den Kopf. »Ich kenne diese Menschen nicht. Auch nicht den, der mir das

Gesicht abgeleckt hat. Na, die Überraschung ist dir gelungen.« Er versuchte zu lächeln.

»Bitte«, drang sie auf ihn ein, »sieh sie dir noch einmal genau an.« Sie verfolgte jede Regung in seinem Gesicht, als er sich erneut die Gäste ansah. Konzentriert tat er es, als müsse er endlich den Ausweg aus seinem geistigen Gefängnis finden. Erst die Bedienung, die als Begrüßungstrunk zwei Palo servierte, störte seine Aufmerksamkeit. Misstrauisch kontrollierte er das Glas, als wäre Gift darin.

»Ist diese schwarze Flüssigkeit, genießbar?«, fragte er skeptisch.

»Hör zu, Álvaro«, begann Julia. »Dieses Getränk hast du mir damals, als du dich zu mir gesetzt hast, sinngemäß mit den Worten bestellt, das alle, die einmal auf der Insel waren, Palo kennen würden, also müsstest du es kennen. Du hast davon geschwärmt, bis ich einverstanden war, ihn zu trinken.«

»Wenn das stimmt«, entgegnete er ratlos, »dann war ich noch nie auf der Insel.« Beschwichtigend legte er seine Hand auf ihre. »Aber wenn du es sagst.«

»Ja, du kannst mir vertrauen.« Sie zog ihre Hand unter seiner weg und streichelte seine Wange. »Also, ich bitte dich, lass uns auf damals und auf bessere Zeiten anstoßen.«

Immer noch unwillig wirkend leerte er gehorsam das Glas.

Weil sie wusste, dass Gerüche und auch der Geschmackssinn durchaus dazu in der Lage waren, Erinnerungen hervorrufen, wartete sie angespannt, was er nun sagen würde. Vielleicht wegen der Süße des Getränks verzog er ulkig sein Gesicht, dass sie sich zusammenreißen musste, um nicht laut aufzulachen. Dann aber packte er sich räuspernd an die Kehle.

»Scheint doch Gift gewesen zu sein, so wie es mir jetzt im Hals brennt. Und davon soll ich geschwärmt haben? Wieso war ich überhaupt hier? Bin ich früher wirklich öfter hergekommen?«

Julia zeigte auf das Klavier. »Vor deinem Unfall hast du die Leute mit deinem Klavierspiel unterhalten.«

Álvaro riss die Augen weit auf. »Ich habe was? Nein, nein«, winkte er ab, »ich bin mir sicher, dass ich in meinem ganzen Leben noch nie Klavier gespielt habe.« Sein ausgestreckter Arm beschrieb einen Halbkreis. »Alles auf dieser Insel ist mir fremd, und dazu gehört mit Sicherheit auch das.« Er schaute das Klavier an, als ginge davon eine Bedrohung aus.

Julia war enttäuscht, und das sah man ihr auch an. »Ach Álvaro, würdest du dich mir zuliebe ans Klavier setzen? Einfach nur hinsetzen. Vielleicht erinnern sich ja deine Finger? Weißt du, das Klavier sollte nämlich meine Überraschung sein. Ich weiß mir sonst keinen Rat mehr.« Stöhnend stand sie auf, um selbst ans Klavier zu gehen. Ihm den Rücken zugewandt setzte sie sich vor die Tasten.

Als ihr Zeigefinger immer wieder stockend die Tonleiter anschlug, erregte sie Aufsehen unter den Gästen, als würden sie jeden Moment ein Musikstück von ihr erwarten. Stimmen wurden laut, die darum baten, den CD-Player abzustellen.

»Seid ruhig, sie will uns was vorspielen!«, wurde gerufen.

Im Stillen betete sie, er möge aufstehen und endlich zu ihr kommen. Als ein Jubel losbrach, wusste sie, ihr Gebet war erhört worden. Von aufmunternden Worten begleitet setzte sich Álvaro ans Klavier. Nun hinter ihm stehend legte Julia ihm gut zuredend die Hände auf die Schultern. Sie beobachtete, wie seine Finger zitterten. Wie Blinde lesen, ertasteten sie die Tastatur.

Sie fragte sich, was plötzlich mit ihm geschehen war, dass er es nun doch probierte. Will er mir nur einen Gefallen damit tun?

Mittlerweile standen die Gäste gespannt um das Klavier herum. Jeder von ihnen wusste von Álvaros Unfall, und keiner wollte sich entgehen lassen, ihn nach so langer Zeit spielen zu sehen und zu hören. Mucksmäuschenstill wurde es. Seine Körperhaltung veränderte sich. Er bog die Finger, um sie gelenkig zu machen. Als Álvaro dann die ersten Töne anschlug, schreckte Julia zusammen. Die Knie wurden ihr weich, und alles drehte sich in ihrem Kopf. Er spielte die Schicksalsmelodie. Eine Flut von Gefühlen wollte aus ihr herausbrechen. Ihre Hände verkrampften sich in seine Schultern, woraufhin er mit einem Gesichtsausdruck kurz zu ihr hochschaute, der wohl sagen wollte: endlich. Doch unbeirrt spielte er weiter wie im Rausch. Unfähig zu reagieren, befürchtete sie, ohnmächtig zu werden.

Wieso kann er plötzlich spielen und warum spielt er ausgerechnet diese Melodie? Als würde sie Antwort von den andächtig lauschenden Zuhörern verlangen, schaute sie ratlos in die Runde und erschrak wiederum heftig. Ein wenig abseits entdeckte sie hinter den zusammengerückten Köpfen unter einem zerbeulten und ausgefransten Strohhut das Gesicht jenes seltsamen Alten, der sie überall dahin zu verfolgen schien, wo ihr Kai besonders nahe war. Als sich ihre Blicke trafen, lächelte er sie an, dass es sie erschauerte, und seine Kopfbewegung deutete sie so, als würde er auch Álvaro freundlich zunicken, der jetzt ebenfalls zu ihm herübersah. Ihr war gar nicht aufgefallen, dass Álvaro nicht mehr spielte. Denn auch der Applaus blieb aus. Erst als Álvaro sich vom Klavier erhob, ließ sie ihn los, und bevor sie tränennass ihre Arme um seinen Hals schlang, sah sie noch einmal zu dem Alten hin, der aber schien wie vom Erdboden verschwunden. Im gleichen Moment hörte sie, wie ihr Álvaro im ausbrechenden Beifall »Juju, meine kleine Hexe, ich liebe dich«, ins Ohr flüsterte.

Ungläubig starrte sie ihn an. Wie lange war es her, dass sie Juju genannt wurde. Kaum vernehmbar hauchte sie: »Kai?«

Ausklang

Halt! Hier drücke ich auf die Stopptaste. So wie alles endet, endet an dieser Stelle auch die von mir geschilderte Schicksalsmelodie. Seit dem Augenblick, als Álvaro in der kleinen Piano-Bar Julia erkannte, hatte für ihn und sie endgültig eine neue, gemeinsame Lebensgeschichte begonnen, die in der ersten Zeit aber auch ihre ganz eigenen Schwierigkeiten mit sich brachte. Denn es brauchte eine Weile, bis sich Álvaro damit abfand, nicht mehr der zu sein, der er einmal war, weil er vieles aus seiner Vergangenheit erst neu erlernen musste. Auch stellte sich Julia zu anfangs häufig die Frage, mit wem sie eigentlich zusammenlebte. War es Kai oder Álvaro?

Doch das tut sie schon lange nicht mehr, weil der Mann, mit dem sie heute glücklich ist, zu einer ganz eigenen Persönlichkeit wurde, mit dem sie seit Jahren die kleine Piano-Bar führt, die sie zusammen mit den darüber liegenden Wohnräumen gleich nach ihrer Hochzeit übernommen haben. Das Geschäft läuft gut, und die beiden sind wegen Álvaros Klavierspiel und Julias fantastischer Küche für Einheimische und Urlauber mittlerweile zur Attraktion geworden. Nun hören sie ihre ganz eigene Schicksalsmelodie. Álvaro hat sie ihr komponiert. Und wenn sie spät in der Nacht hinter dem letzten Gast die Tür abschließen, setzt sich Julia mit einem Glas Palo neben Álvaro ans Klavier, und während sie seinem Spiel lauscht, versinkt sie mit ihren Träumen im Meer der Zeit, wo keine Vergangenheit das Wasser trübt.

Marcos war übrigens noch nicht einmal enttäuscht darüber gewesen, als Álvaro ihm gestand, dass er nicht mehr mit ihm aufs Meer hinausfahren werde. »Auch ich werde nicht mehr fischen, nicht nur das Meer braucht seine Ruhe«, sagte er ihm. »Mittlerweile bringt das Fischen ohnehin nur Arbeit und wenig Geld.« Marcos war immer ein bescheidener Mann gewesen, der dem Leben nur so viel abtrotzte, wie er zum Überleben brauchte, ohne fremde Hilfe in Anspruch zu nehmen, deshalb machten sich Álvaro und Julia auch keine allzu großen Sorgen um ihn. Leider sträubte er sich zunächst, als Julia ihm vorschlug, für sein tägliches Essen zu sorgen. Erst nach langem Drängen gab er sich einverstanden. Er bestand aber darauf, dafür kleinere Handwerkerarbeiten am Haus und Lokal durchzuführen.

Leider hat Adolf Julias glückliche Lebenswendung nicht mehr erlebt. Eines Abends, als er auf der Terrasse saß und einen Zigarillo rauchte, erlitt er einen schweren Asthmaanfall. Sein Unglück war, dass es zu lange dauerte, bis der Rettungswagen eintraf. Allerdings lebte er noch, als er ins Krankenhaus eingeliefert wurde. Julia und Álvaro warteten im Flur neben dem Behandlungszimmer, ob die Ärzte ihn noch retten würden. Und kurz bevor der Arzt erschien, um ihr die Nachricht vom Tod ihres Vaters zu überbringen, war sie für einen Moment wie elektrisiert, denn in der Gestalt des Mannes, der in gebeugter Haltung an ihr vorbeischlich, glaubte sie wieder, den Alten erkannt zu haben. In ihrer Aufgeregtheit war sie fest davon überzeugt, er habe ihren Vater abgeholt und mitgenommen.

Ihm ist Julia seither nicht mehr begegnet, und so hofft sie, irgendwann zu vergessen, dass es ihn gibt. Manchmal allerdings, wenn sie Lars in Deutschland besucht und dabei die Gelegenheit wahrnimmt, Kais Grabstätte aufzusuchen, dann beobachtet sie genau die Umgebung, und bei jedem ungewöhnlichen Geräusch oder Schatten, den sie im Augenwinkel wahrnimmt, wird ihr dann ein bisschen unheimlich und sie fürchtet, der sonderbare alte Mann könnte doch wieder in ihrer Nähe auftauchen.

Zu erwähnen wäre noch, dass nach Adolfs Tod eine schwere Zeit für Hannelore anbrach. Alleine in dem großen Hause fühlte sie sich einsam und verloren. Schon bald wollte sie nicht mehr auf der Finca bleiben. Also wurde das Anwesen verkauft, und Hannelore fand einen wunderbaren Platz in einem repräsentativen Seniorenheim mit Meerblick, wo überwiegend deutsch gesprochen wird. Dort spielt sie am liebsten Boccia oder liest aus der reichhaltigen Bibliothek, was ihr gefällt.

Ich denke, es ist, zumindest was die Vergangenheit betrifft, alles Wesentliche erzählt. Auch vermag ich an dieser Stelle nicht darüber zu urteilen, ob die Liebe tatsächlich zwei Seelen zu einer Person verbinden kann. Für Julia jedenfalls lebt Kai in Álvaro weiter. Lassen wir den Menschen, die uns begegnet sind, für die Zukunft ihren Frieden in Glück und Harmonie.

Schon in einem Monat werden sich Julia, Álvaro, Jana und ihr Pilot ins Flugzeug setzen, um Lars, Angelika, Mia und Leon zu besuchen.

Wünschen wir ihnen einen guten Flug und schöne Feiertage.

ENDE

Der Autor

Rainer Mauelshagen wurde im März 1949 geboren. In seiner Heimatstadt Wuppertal lebte er bis 1984. Von dort zog er im gleichen Jahr nach Vettelschoß in Rheinland-Pfalz.
Rainer Mauelshagen ist verheiratet und hat zwei erwachsene Kinder und vier Enkelkinder.

Im Laufe seines Berufslebens übte er die unterschiedlichsten Berufe aus. Seit seinem Ruhestand widmet sich der Autor dem kreativen Schreiben. Der ganz eigene Schreibstil ist es, der seine Bücher in dem Sinne lesenswert macht, weil es dem Autor immer wieder gelingt, die Leser emotional in seine literarischen Erzählungen hineinzuziehen. Mit *Schicksalsmelodie* ist nun bereits der neunte Roman des Autors erschienen. Ein weiterer Roman ist in Arbeit.

Weitere Bücher

ISBN: 978-3734767937

Das Kastanienherz

Was hat er hier verloren? Nach so langer Zeit? Was hat ihn gedrängt, gerade jetzt die Stätte einer längst vergangenen Lebensepisode aufzusuchen, die allerdings so entscheidend für alle Beteiligten gewesen war? Sind es nicht die schlimmen Träume, die ihn all die Jahre aufforderten zurückzukommen, um die Fratze der Vergangenheit mit der Gegenwart zu beschwichtigen? O ja, in der Rüstung des unverwundbar erscheinenden Alters will und muss er sich dem stellen! Felix Liebtreu, ein inzwischen an Jahren und Erfahrungen gereifter Mann, kehrt an einem heißen Sommertag zurück zum Ort seiner Kindheit. Allem Anschein nach hat er dort etwas aufzuarbeiten. Der inzwischen stillgelegte Bahnhof von Leitheim ist es, den er als erstes aufsucht. Denn hier hatte damals alles begonnen.

ISBN: 978-3746000121

Herr Jonas erwartet Besuch

Was ist Zeit? Zeit ist im Grunde lediglich die Vermischung von Vergangenheit, Gegenwart und Zukunft. Doch über allem steht als Grenzwächter das Alter. Herr Jonas, ein hochbetagter Herr, muss an einem besonders herrlichen Sommertag feststellen, dass er zwar auf eine lange Vergangenheit zurückblicken kann, ihm aber die Neugier auf die Zukunft fehlt, denn schon die Gegenwart ist ihm fremd geworden. Allein gelassen mit Erinnerungen, Verzweiflung und Hoffnungslosigkeit lebt er zurückgezogen hoch unterm Dach in einer schäbigen Mansardenwohnung. Wäre er in der Vergangenheit nicht so ein Pedant und Querulant gewesen, niemand in seiner Umgebung hätte von der Existenz eines Friedbert Jonas gewusst. Deshalb trifft er eine wohlbedachte Entscheidung. Es gibt da jemanden, dem er alle seine Nöte aufbürden will. Er zieht den guten Anzug an und kocht ein opulentes Mahl, denn: Herr Jonas erwartet Besuch! Rainer Mauelshagen ist es gelungen, die Unaussprechlichkeit der Einsamkeit in Worte zu fassen und damit ein Mahnmal für die moderne Gesellschaft zu erschaffen.

ISBN: 978-3752836226

Lieb Vaterland … Gottfried Krahwinkels Erbe

1918: Der große Krieg und das deutsche Kaiserreich werden bald Geschichte sein, als der dreizehnjährige Gottfried Krahwinkel vom Heldentod seines Vaters erfährt. Gewaltsam aus ihrem bürgerlichen Leben herausgerissen, müssen Gottfried und seine Mutter Meta mit Hunger, Not und den politischen Wirrnissen fertig werden. Sie verlassen ihre Heimatstadt und ziehen zum Großvater aufs Land.

In der freundlichen Obhut des Alten wächst Gottfried zu einem jungen Eiferer heran; nach dem Tod des Großvaters zieht es ihn wieder in seine Heimatstadt. Hier beginnt er eine Ausbildung und schließt sich den Nationalsozialisten an. Dies bringt ihn wegen seiner Liebe zu der Jüdin Libsche in arge Bedrängnis.

Der Zweite Weltkrieg bricht aus. In Ostpreußen heiratet Gottfried Hetty Hallmann. Während des Russland-Feldzugs lernt er endgültig den Irrsinn des Krieges kennen, der ihm auf grausamste Weise alle Ideale raubt. Hetty erwartet ein Kind und Gottfried gerät in russische Gefangenschaft. Während Mutter Meta daheim auf Nachricht ihres Sohnes hofft, erfasst der Krieg mit seinen verheerenden Bombardements die Zivilbevölkerung. Deutschland ist vom Feind eingekreist - und in einem endlosen Treck begibt sich Hetty 1945 mit Mutter und Tante auf die Flucht aus Ostpreußen.

ISBN: 978-3744836302

Grab 47

Ein Autounfall beendet das alte Leben von Marc Levante auf dramatische Weise, aber damit beginnt für ihn auch eine neue Existenz als Albert Mertin, der wegen seiner schrecklichen Brandnarben schon rein äußerlich keine Ähnlichkeit mehr mit dem Menschen hatte, der er vorher gewesen war. Doch damit nicht genug, Mertin hat auch keinerlei Erinnerung an den Unfall, sein neues Leben in Südfrankreich wird zu einem unlösbaren Rätsel. Aber er ahnt, dass in seiner Vergangenheit etwas Grausames geschehen sein muss.

In Deutschland ist derweil Hauptkommissar Hartmut Schnapp mit einem Vermisstenfall beschäftigt. Eine gewisse Constanze Cramer rückt dabei in den Fokus der Ermittlungen, denn ein ominöser Brillantring wird dabei zu einem roten Faden, der die Schicksale mehrerer Menschen verknüpft.

ISBN: 978-3748111245

Im Schrei des Fisches

Ein Herzstillstand reißt Robert Lichtenberg aus seinem gewohnten Alltag. Mehr tot als lebend wird er in das Krankenhaus eingeliefert, in dem seine Frau Anja als Krankenschwester arbeitet. Nachdem sich sein Gesundheitszustand nach erfolgreicher Reanimation wieder verschlechtert, drängt Doktor Samuel Merzhadaj, der Anja nicht nur beruflich sehr nahesteht, darauf, dass Robert ein neues Herz transplantiert wird.

Das Schicksal will es, das bald darauf ein geeignetes Spenderherz zur Verfügung steht. Nach erfolgreicher Transplantation sieht es zunächst danach aus, als könnte Robert mit seiner Frau und seinem Sohn Julian wieder ein einigermaßen normales Familienleben führen, wären da nicht seine schrecklichen Visionen und Albträume, die er schon bald mit dem Spender in Verbindung bringt. Er kann sich keinen anderen Reim darauf machen, warum ihn ein ominöser Fisch mit seinem Schrei quält. Und was hat es mit der jungen Frau auf sich, die ihm in ihrem blutverschmierten Kleid verstörend real begegnet?

Und so setzt Robert Lichtenberg alles daran, die Vergangenheit seines Spenders zu erforschen, was noch mehr Probleme nach sich zieht.

ISBN: 978-3743177055

Hinter der Zeit
Im Land ohne Wiederkehr

Was würdet ihr denken, wenn ihr euch plötzlich in einer Welt wiederfindet, in der die Toten wieder leben?

Klara ist genau das passiert. Mitten in der Nacht kommen die Zeitgeister zu ihr, um sie in die Vergangenheit zu entführen. Viel Aufregung gibt es, als sie dort nicht nur ihren geliebten Opa Edi, sondern auch ihren Bruder Max und dessen Freund Lasse antrifft. Als es wegen ihres Großvaters, der hinter der Zeit noch ein Kind ist, zu einem tragischen Ereignis kommt, verstößt Klara trotz aller Warnungen gegen die Gesetze der Vergangenheit, was zur Folge hat, dass sie und die beiden Jungs mit der Verbannung ins Land ohne Wiederkehr bestraft werden. Es beginnt eine abenteuerliche Reise. Wird es am Ende für die drei eine Rettung geben?

»Hinter der Zeit, im Land ohne Wiederkehr« ist eine fantasievolle Geschichte über Freundschaft, Mut und Vertrauen.

ISBN: 978-3751954150

Wie viele Träume hat die Nacht

»Liebe ist doch nur ein Wort.« Diesen Satz seines Sohnes will Holger Hagedorn an jenem Abend, an dem er Thomas aufsucht, nicht unkommentiert stehen lassen, auch wenn er dessen Aufregung verstehen kann, da ihn seine Frau Eva nach einem Streit verlassen hat. Aus Sorge um ihn erzählte er ihm die Erlebnisse eines Mannes, den er Lemmi nennt. Es sind die 1970er-Jahre, in denen sich jener Lemmi als junger Mann in einer ähnlichen Situation wie Thomas befindet. Nach dem Scheitern seiner Ehe hat auch Lemmi den Glauben an die Liebe verloren. Völlig aus der Lebensbahn geworfen, trifft er eines Nachts eine schicksalsschwere Entscheidung. Wie viele Träume hat die Nacht erzählt in einer ungeschminkten Sprache die ewig aktuelle Geschichte von der Sehnsucht nach der unvergänglichen Liebe. In diesem Roman greift der Zufall auf dramatische Weise in die Lebenslinien dreier unterschiedlicher Menschen ein, als wolle er beweisen, dass Liebe tatsächlich nur ein Wort ist. Aber ist es wirklich der Zufall, der die Lebenswege bestimmt? Holger Hagedorn ist inzwischen der Ansicht, dass es nicht der Zufall, sondern das Schicksal ist, dem sich das Leben nach einem großen Plan fügen muss.

978-3754345122

Im Herbst verblüht das Mädesüß
Robert und Lieschen
Eine Geschichte, die das Leben schrieb

Spät am Abend erhalten Rosemarie und Frederik Schönenberg einen Anruf. Robert, Rosemaries dementer Vater, ist am Telefon.
Eine schlimme Vorahnung beschleicht die beiden, die sich schon bald bewahrheiten wird. Von diesem Augenblick an wird nichts mehr so sein, wie es einmal war.
Ab da erzählt Frederik die Lebensgeschichte der hochbetagten Eheleute Robert und Luise Reinartz, die das große Weltenschicksal kurz nach Ende des 2. Weltkrieges zusammengeführt hat. Gegenwärtiges sowie Rückblenden in die Vergangenheit runden das Bild zweier Menschen ab, die in den Hochs und Tiefs ihrer fast siebzigjährigen Ehe treu und in Liebe zueinanderstanden ... bis dass der Tod euch scheidet.